大展好書　好書大展
品嘗好書　冠群可期

二十面相的詛咒

江戶川亂步

品冠文化出版社

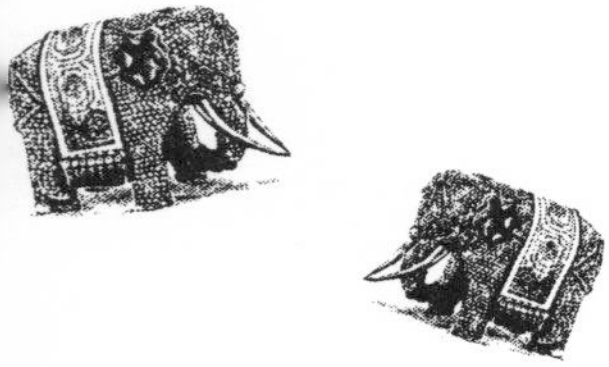

目錄

二十面相的詛咒

二十面相的詛咒

二十面相的詛咒

少年偵探㉔

二十面相的詛咒

江戶川亂步

消失的大學生

五月的某一天，一名老紳士拜訪了明智偵探位於麴町高級公寓內的事務所。

他蓬鬆的白髮全都往後梳，蓄著白色鬍鬚，又瘦又高，是位非常氣派的老紳士。

這個人就是考古學博士松波，目前擔任某個有錢人所建造的古代研究所的所長，是位專長於古代西方事物的著名學者。

明智偵探曾經在某個集會上見過松波博士，兩人只是點頭之交，但這位知名的老學者卻突然來訪。

前來接待的小林少年，一聽他是松波博士，很有禮貌的請他到客廳入坐。

「明智先生，在我工作的古代研究所內，發生了奇怪的事情，我想借重一下您的智慧。」

松波博士一入坐，便立刻開口說道。

「發生了什麼奇怪的事？」

明智詢問博士。

「古代研究所，最近取得了世界上唯一寫著，古代埃及經文（經典文章）的捲軸。

我們研究所的木下博士，在英國發現了這只捲軸，於是將它買了回來。這件事情也曾被媒體報導，相信您應該有耳聞吧！這可是有錢也買不到的世界寶物呢！

但是，這個捲軸卻有著可怕的傳說。據說擺放捲軸的房間一定會發生可怕的事。在英國便應驗了這個傳說。所以，這個捲軸的擁有者感到非常害怕，便將它出售。

木下先生以約三十萬圓（相當於現在的三百萬圓）購買了這件寶物，但事實上，它的價值可是更甚數倍、甚至數十倍呢！後來這只捲軸被置於研究所的埃及室內，但立刻就發生了怪事！昨天，一名大學生來到研究所，他說想看看擺在埃及室內的木乃伊棺木，於是我讓他進入房間裡。

但是，這名大學生在進入房間後就不見了。好好的一個人，竟然就這樣的消失無蹤了。現場並沒有遺失任何東西，那只捲軸也好端端的擺在原處。」

明智偵探和在一邊聽博士說明的小林少年，都被這個不可思議的故事深深吸引。

「那名大學生會不會是趁人不注意時，悄悄的溜了出去呢？」

當明智這麼說時，松波博士搖搖頭說道：

「不！不可能的。當時一位年長的事務員赤井，正好負責在那裡看守。他站在唯一出口的門外，一步也沒有離開過。」

「會不會是從窗子溜出去了？」

「那個房間的確有五個窗子，但全都安裝了鐵窗，所以無法從窗子出去。再說房間內也沒有暗門，想要溜出去根本就不可能。」

「這個埃及室內擺放著各種東西，有沒有可能是躲在某樣東西裡面呢？像是木乃伊棺木，那裡面應該可以躲人吧！」

「我們當然也有打開蓋子檢查過，可是棺木內除了木乃伊之外，並沒有其他的東西。」

「那就是密室之謎了！在完全沒有出入口的房間裡，人竟然無故消失，真是個謎團。我根本不相信埃及捲軸詛咒的傳說，其中一定有什麼秘密。赤井事務員的話可信嗎？」

「不，他不會說謊的。」

「咦！你為什麼這麼肯定？」

「因為我也親眼看見。」

「你是說？」

「我房間裡的窗子剛好正對著埃及室的門，距離大約十公尺。兩者之間是走廊，走廊的左右側各有一個房間，房間的門都是關上的。所以，從我房間的窗子可以直接看到埃及室的門，中間並沒有任何東西阻擋。

我的桌子就擺在窗邊，只要坐在那裡，很自然的就會看到埃及室的門。

大學生進入埃及室時，我正好離開座位，所以沒有看到他。但當我回到座位時，看到赤井站在門外，所以，應該是有人走進埃及室，因為只要有人進去，赤井就會站在門外守候。

赤井等了很久，仍然不見大學生出來，便決定打開門探頭進去瞧一瞧。結果大學生走到門口，站在門內不知對著赤井說了些什麼，好像是請他再等一會兒，於是赤井點了點頭，又將門關上。

大約過了十分鐘，赤井再度打開門時，發現房間內空無一人，大學生就這樣憑空消失了。

赤井第二次打開門之前，我的視線一直都沒有離開那扇門，因此，我確定大學生並沒有從門內走出來。除了這扇門之外，就沒有其他的出入口了，而且五個窗子也全都裝上鐵窗。在這樣的情況下，大學生竟然會消失不見，真的是令人難以置信！」

松波博士說到這裡，明智偵探用手指抓了抓他那蓬鬆的頭髮。思考了一會兒，忽然抬起頭來說道：

「那個大學生是不是穿著金色鈕釦的制服？」

「不！穿著黑西裝。」

「赤井穿著什麼樣的衣服呢？」

「也是黑西裝。」

「時間是幾點呢？」

「四點左右吧！那時已經有些昏暗了。」

「已經通知警察了嗎？」

「是的，警察到達後曾經仔細的搜查過，但是，並沒有得到任何的線索。人怎麼可能憑空消失？這麼奇怪的事根本就不可能發生，所以，警察對我們所說的話也只是半信半疑。」

明智偵探又沈思了一會兒，終於下定決心說道：

「我知道了，如果可以，我想現在立刻就去研究所調查一下，小林也和我一起去吧！」

小林少年的冒險

在松波博士的帶領下，明智偵探和小林少年進入了古代研究所那棟大型的建築物。仔細搜查埃及室的每一個角落，確認並沒有任何秘密出入口，而且鐵窗也沒有被移動過。

搜查了一個小時左右，明智偵探將小林少年叫到身邊，在他耳邊吩咐了一些事，然後走到站在對面的松波博士身旁，說道：

「松波先生，我不相信有捲軸詛咒這回事，今晚我想做個實驗，您意下如何？」

「所謂的實驗是指什麼？」

「今晚小林要在埃及室裡守夜。當然，如果連小林都消失，那就糟糕了，但我相信不可能會發生這種事情。所以請讓我做個實驗吧！」

聽他這麼說，松波博士說道：

「這樣會不會太冒險了？我可不敢擔保小林的安危！」

「不！由我來負責吧！以往在各種事件當中，小林也曾經歷過許多搏命冒險的事，但是，都能夠迎刃而解！他很懂得運用智慧，力量也很

強大，況且我還有別的想法，所以，絕對不會讓他陷入危險的。」

兩人商量了一陣子之後，決定留下小林一人在埃及室內守夜。

晚上九點，小林少年獨自一人來到研究所，在松波博士及事務員赤井的陪同下，進入了埃及室。

「赤井先生，請你從門外上鎖，這樣就沒有人可以進來了。鑰匙就交給赤井先生保管，如果有備用鑰匙，也請赤井先生一併保管。」

小林少年在大家離開埃及室之前，為了謹慎起見，做了這樣的提議。

終於，兩位大人走出了埃及室，而門也從外面上了鎖。

小林就這樣的被關在埃及室裡。

埃及室的角落有張大桌，桌前有張旋轉皮椅。小林坐在皮椅上，環視整個房間。

一邊的牆壁上豎立著一個高達天花板的大書架，上面塞滿了各種外文書籍。

另一邊的牆壁上則有個大架子，上面也擺滿了許多出土的古埃及文物，還有一些仿造品等。前面的小桌子上擺著細長的銀盒，捲軸就放在銀盒內。還有一邊的牆壁上，則掛著著名埃及學者的肖像油畫，下面擺著大型木乃伊棺木。

棺木的蓋子半開著，露出了裹著木乃伊的白布。看著漆黑如骸骨般的木乃伊，想到它可能會站起來，就令人毛骨悚然。

從天花板垂吊下來一盞圓形燈泡，以及在大桌上有著藍色燈罩的檯燈，是屋內唯一的兩個光源。房間非常的寬廣，這些許的光源照明，使得屋內顯得非常的昏暗，而且在角落形成了黑影。

窗外一片漆黑。種植在庭院中的樹木，好像黑色的妖魔一般。大桌上擺著幾本外文書籍，書前的古老座鐘正滴答滴答的響著。

四周一片寂靜，除了聽到遠處街上行駛的電車及汽車傳來的聲音之外，沒有其他任何聲響。

夜愈來愈深沈了。

奇怪的捲軸到底有著什麼樣的詛咒，小林並不曉得。這個二千幾百年前的捲軸，被放置在對面小桌上有些發黑的銀盒內，它真的具有使人消失的神奇魔力嗎？

小林少年瞪著發黑的銀盒看了好久，突然間覺得眼前一片模糊，因為四周愈來愈暗，只有銀盒像是正被水銀燈照耀一般，顯得有些泛白。

「啊！移動了！」

銀盒突然移動了。

小林嚇了一跳，揉了揉眼睛，再仔細的看了一次。

盒子還在原先的小桌子中央，難道是自己眼花了嗎？

時針從十點、十一點，漸漸的接近十二點。時間過得很慢，感覺就像是一個月那麼漫長。

小林有時會從椅子上站起，在屋內來回踱步，然後又坐回原先的椅

子上。

突然，聽到嘰的奇怪聲音，木乃伊的蓋子似乎在移動。從縫隙露出的白布，沒有風卻微微的飄動著。

就算是勇敢的小林少年，這時也覺得非常害怕。感覺只要目光稍微移動一下，背後就會有怪物朝自己撲了過來。

看著擺滿書的書架之間，心想，會不會有又細又長的怪手從那兒突然伸了出來。想到此處，就覺得背脊一陣發涼。

黑暗中的手

「啪、啪、啪……唯一的一盞電燈好像在眨眼似的，光線閃爍不定，忽明忽暗。

最初好像是慢慢的眨著眼，接著速度愈來愈快。啪嘰啪嘰的，就好像是怪物的大眼睛，一下子睜開一下子又閉合似的。

小林不禁從椅子上站了起來，因為擔心可怕的怪物可能會出現而擺好架勢。

每當電燈閃爍的時候，就讓人感覺彷彿每樣東西都在移動似的。

擺在對面牆壁下方木乃伊棺木的蓋子，已經打開了一半，白色的布就好像簾幕一般的出現。從木乃伊頭上蓋下的布似乎露了出來。

沒有風，但是，白布卻竟然飄動了起來。

難道是木乃伊在移動嗎？現在黑色的木乃伊推開了棺木蓋，朝這兒走了過來。

不僅如此，剛才還在想是不是會有骨瘦如柴的手從書架中伸出，現在竟然感覺似乎有許多這樣的手從四處伸向自己。

從桌子下、從木乃伊的棺木中、從擺在架子上的土人偶身上，甚至從圖中伸出手來……。

在電燈啪的消失光芒時，感覺手從四面八方伸了過來。

這些手似乎想要搶走擺在桌上的捲軸盒，不斷的朝那兒伸去。其中的一隻手甚至伸長了一、二公尺，即將要奪走銀盒。

當然，四周並沒有真的手伸出來，只是因為電燈不斷的閃爍，而誤以為自己看到了這樣的景象。

就算是小林少年，也無法忍受這種幻覺。他趕緊跑向門邊，拼命的敲著門。

只要事務員赤井聽到他的聲音，應該就會拿鑰匙來開門。

但是，當小林奮力的敲門時，就像是某種訊號似的，電燈啪的又亮了起來，不再消失，也不再眨眼睛了。

電燈亮了，就不會再看到可怕的幻影。小林又安心坐回原先的椅子上。

擺著捲軸的銀盒，仍然放置在桌上。

小林一動也不動一直盯著銀盒看。

已經半夜一點了。四周愈來愈安靜，就好像世上的生物全都死去似的，只剩下小林獨自一人。

他有一種難以言喻的寂寞感。

能夠這樣平安無事一直待到早上嗎？接下來會不會真的發生可怕的事情呢？

白與黑

不久之後，真的發生了可怕的事情。

電燈又熄了，而這次熄滅之後，就再也沒有點亮。就像是蓋著黑絲絨布似的，四周一片漆黑。

什麼都看不到，像是瞎了眼睛。

然而，眼前卻可以朦朧的看到黃色、紅色、紫色的東西時而出現，時而消失。就宛如煙霧般的紫色環在接近後變成紅色的花，然後又啪的消失不見了。

這是一種眼睛深處的神經作用，相信大家在閉上眼睛時，都可以看到這樣的顏色。但是，黑暗中的小林卻可以清楚的看到顏色時而出現，時而消失。

當時感覺四周的空氣都在飄動。即使門窗緊閉，仍然覺得有風從某處吹出。

在一些妖怪故事的情節裡，每當妖怪出現時，都會從某處吹來一陣陰風。難道現在這股風就是妖怪即將現身而產生的陰風嗎？

事實上，這並不是什麼陰風，只是微微的感覺到空氣的飄動而已。因為眼睛已經習慣黑暗，所以房間內顯得有些泛白。

朦朧中可以看到擺在桌上用來放置捲軸的銀盒。小林眨了眨眼睛，瞪著銀盒。

結果，銀盒的正中央突然好像是被什麼東西遮住似的，竟然看不到了。正中央的那一抹漆黑，讓銀盒看起來就好像裂成兩半似的。

會是黑色的手抓住銀盒嗎？

啊！銀盒竟然在桌上滑動。即使已經滑到桌子外，也沒有掉落，就這樣的飄浮在空中。

啊！原來真的是有隻不知道從那裡出現的黑手，抓住了那只銀盒。不！不光是手，是有個全身漆黑的傢伙站在那兒。全身漆黑的怪物偷走了捲軸。

「啊！你是誰？」

小林大叫著，撲向黑怪物。

手的確碰到了東西，而且是具有人類體溫的軀體。這傢伙用黑布由頭罩下，手也用黑布裹著，正打算偷走裝著捲軸的銀盒。

「小偷！站住！」

小林緊抓著這個眼睛看不到的傢伙，但是，卻被可怕的力量反彈回來，一屁股跌坐在地上。

就在這個時候，房間對面的牆壁又發生了怪事。從木乃伊露出的白布竟然漸漸變大，而且朝這兒飄過來。

難道是木乃伊推開棺木，朝這兒走了過來嗎？當然，不可能發生這種事情。但是，為什麼用白布裹著的身體會朝這兒走來呢？

小林仍然坐在地上，心跳加速的瞪著黑暗中瞧。

白色的妖怪，在黑暗中移動，接著撲向黑色的妖怪。雖然眼睛看不到，但仍可感覺到黑色妖怪與白色妖怪扭打成一團。

銀色捲軸盒就這樣的飄浮在空中，一下被拉到那兒，一下又被扯到這兒。原來是黑、白妖怪在搶奪銀盒。

聽到可怕的聲響後，黑、白妖怪開始一陣扭打，似乎死命的搏鬥著。

啪噹、啪噹，又發出可怕的聲響，妖怪似乎在房間裡滾動，糾纏在一起。

「啊！捉到了！小林，打開電燈。」

哇！白妖怪似乎制服了黑妖怪，同時聽到明智偵探的聲音，這才知道原來白妖怪就是明智老師裝扮的。

小林趕緊跑向門邊的電燈開關處，用手摸索，按下開關。但是，電燈並沒有如期打開，看來電源已經被切斷了。

小林心想，應該去敲門求助，於是摸索著門，結果發現門已經被打開了。

小林跑到外面的走廊大叫著：

「來人呀！小偷闖進埃及室了！」

聽到有人跑上樓梯的聲音，走廊突然變亮了，有人拿著手電筒跑了上來。

出現在走廊上的，是所長松波博士。博士似乎很擔心捲軸的事，因此，一直待在下面的值班室裡。

「喂，小林！發生什麼事？什麼小偷？」

「明智老師不知從那裡跑了出來，而且似乎已經捉到小偷了！……不過總電源好像被切斷了，請你將總電源打開。」

「好，你等我一下。」

松波博士將手電筒交給小林，跑下樓去。

門的秘密

博士打開總電源後，房間內的電燈頓時亮了起來。

「啊！你是事務員赤井！」

白怪物掀開黑怪物身上的布，發現竟然是穿著黑西裝的赤井。

「明智先生，幹得好！這個赤井似乎想要偷走埃及經文。」

進入房間內的松波博士，對著白怪物叫著。

整個身體裹著白布，打扮成埃及木乃伊模樣的怪物，其實就是明智偵探。他以這樣的姿態躲在木乃伊的棺木裡，等待壞人的出現。

小林並不知道這件事，所以聽到松波博士叫著「明智先生」時，嚇了一跳。

「原來明智老師和松波博士早就商量好，在我進入埃及室之前，明智老師已經先躲在木乃伊的棺木裡了。如果我事先知道，一定會表現在臉上，這麼一來，犯人就會心生警覺，所以才故意不讓我知道吧！」

小林似乎也察覺到這一點，但其實還有他所不知道的事情呢！松波博士也有同樣的想法，他看著明智問道：

「如果赤井是犯人，他的確可以將電燈的電源切斷，而且他也有這間埃及室的鑰匙，可以輕易的溜進來。但我不明白的是，昨天大學生在

這個房間裡消失的秘密，明智先生你知道嗎？」

明智偵探不知從那裡取出細麻繩（用麻製成的堅固細繩），綁住犯人赤井的手腳，將他的身體推到椅子上後，便走向博士說道：

「這個……我當然知道啦！白天我檢查這個房間時，就已經知道這個秘密了。但如果我說出來，犯人就一定會有所警戒，而不會來偷盜經文了。我之所以故意瞞著你們，就是要讓犯人鬆懈，等他晚上溜進來。沒想到這傢伙果真中了我的計。」

「可是，我還是想不透，這個秘密到底是什麼呢？請你告訴我吧！」

「其實是非常簡單的機關。反正這傢伙已經無法逃走了，在警察到達之前，我就將秘密告訴你吧！博士，請你到你那間位於走廊盡頭的研究室裡，從玻璃窗看著這個門，小林，你也和博士一起看著。」

於是，博士和小林走進博士位於走廊盡頭的研究室，越過玻璃窗看向埃及室的門。那個玻璃窗距離埃及室的門大約只有十公尺，而且走廊上燈火通明，所以，可以清楚的看到埃及室的門。

兩人仔細看著。原本在走廊下的明智偵探，進入埃及室之後，過了約三十秒，再回到走廊。這時的門是打開的，可以看到房內的一切，結果發生了令人驚訝的怪事！

門內，有一名男子站在房間裡，這時的犯人赤井仍被押在椅子上，當然不可能到那裡去。

那麼，到底是誰呢？怎麼會有一名男子出現在房間裡呢？

昨天大學生在房間裡消失，今天晚上卻完全相反，竟然有個人出現在房間裡。

明智偵探和那名男子耳語了一番，對著這邊點了點頭，就這樣進入房間裡，從裡面關上了房門。

博士和小林看著這一幕，覺得無法再待在研究室內，於是走出研究室，趕緊前往埃及室。

明智偵探再度打開門，請兩人進入房間內。

「剛剛的確有男子站在那裡，但現在房間內除了赤井之外，並沒有其他人。」

他面露微笑的說著。

在房間對面的角落裡，赤井仍然坐在椅子上，面露可怕的神情看著這邊。

「先前那個人是赤井嗎？」

博士覺得很奇怪的問道。

「當然不可能。即使手腳再快，也不可能有時間解開細繩，然後又綁回原來的樣子。的確出現了赤井以外的人。」

「那麼，那個人到哪去了？」

「消失了呀！就像昨天的大學生一樣。」

「我還是不了解，真是太不可思議了！怎麼可能有這樣的事情？」

博士面露錯愕的表情，環視四周。

「哈哈哈……其實根本沒什麼，你們看這一塊。」

明智偵探說著，走近門邊。

難道這個門埋藏著秘密的原因嗎？到底是什麼秘密呢？各位讀者在看接下來的說明之前，不妨先想一想吧！

電話的聲音

明智偵探將門朝走廊的方向打開，用手指稍微按一下內側的門板，結果聽到啪唧的聲音，門內又有一扇門被打開了。也就是說，這是一扇雙重門。

明智將門全都打開，讓大家瞧個仔細。在門的旁邊還有一個隱藏的角落，變成了如圖所示的開門機關。從門內打開的另一扇門的內側，是

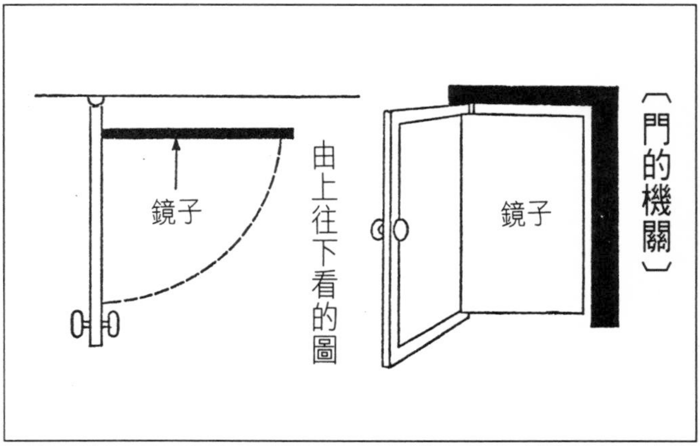

一面大鏡子。

另一扇門，是將薄的鐵板製成木門的樣子，嵌在內側的鏡子也是用非常薄的玻璃製成，兩邊合起來大約只有一公分的厚度，因此，沒有人發現這是一扇雙重門。

「最近，有沒有重修這一扇門呢？」

當明智詢問時，松波博士才突然想起什麼似的，點了點頭說道：

「是呀！十天前才重新換了門。不知道為什麼，這扇門的門框鬆動，沒有辦法關緊，因此，重做了另一扇門。」

「當時是誰負責去訂購那一扇門？」

「是赤井。這種事一向都是由赤井去負責的。」

「所以赤井命人打造了一扇有這樣機關的門。一定花了不少錢，因為這是能夠使人消失的魔術道具。」

「啊！那麼這個鏡子……」

「是的，昨天站在走廊的赤井照在這個鏡子裡，因為赤井和大學生都穿著黑色的衣服，再加上走廊又有點昏暗，你從研究室的窗子看不清楚對方的臉，於是將照到鏡子裡的赤井誤認為是大學生，而以為大學生就待在埃及室內。」

赤井利用了埃及經文詛咒的傳說，讓大家相信這個房間內發生了怪事。

但是，想要製造這樣的機關門，光靠事務員的薪水是無法辦到的。所以，赤井只不過是假扮成事務員。事實上，他是非常可怕的大盜。

「嗯！的確是很厲害的機關，那麼先前和明智說話的男子，就是映在鏡子中的明智的影子囉！鏡中的影子是不會消失的，但只要關上了這

個雙重門，變回原先的一扇門，影子就消失了。」

小林少年看到門的機關，似乎非常佩服。

「老師，你白天在調查時，就已經發現這個機關了嗎？」

「是的。我之所以瞞著松波博士，是因為害怕如果公佈這個機關的秘密，犯人就會逃走了。」

被綁在對面椅子上的赤井，突然變得非常害怕。原以為他是個年長的事務員，沒想到其實他是個臂力強勁的大壞蛋。

「立刻打一一〇電話報警，將這傢伙交給警察吧！」

松波博士這麼說著，走出了房間。到對面研究室撥了電話後，又回到埃及室。

「就由警察來調查這個傢伙吧！他一定是著名的大盜。」

明智這麼說著。

「謝謝你的幫忙，讓我們保住了經文，沒有被大盜偷走。只要明智先生出馬，事情一定能夠順利解決。」

擺在銀盒內的經文，又被放回原先的大桌上。

三分鐘之後，聽到門外有警笛聲響起，一輛警車停在門前。

小林跑下樓去，打開玄關的門，隨即帶著兩名穿著制服的警察來到了埃及室。

警察似乎都認識明智偵探，禮貌的向他行舉手禮。交談了一會兒之後，便將赤井帶上警車，送回警政署。

松波博士從門外鎖上了埃及室的門，請明智偵探和小林少年到研究室去，和他們聊了一會兒。在半夜時分，桌上的電話突然響了起來。

博士接起電話，對方說：

「請明智偵探聽電話。」

明智接過聽筒。

「喂喂！是明智嗎？哇哈哈哈，真是痛快呀！你猜猜我是誰？」

聽筒的另一方傳來了刺耳的聲音。

明智偵探臉色大變。

「誰？你是誰？」

「哇呵呵呵……，我是赤井，現在我已經恢復自由身了。先前開車的警察是假冒的。哈哈哈哈……，就算是明智，也沒有想到我還有這一招吧！喔！喔！還有一件事情，保證會讓你感到驚訝萬分！我的本名不叫赤井，你知道了嗎？我是擁有二十種不同面貌的男子。哇哈哈哈……，我就是被你們稱為怪盜二十面相的大盜。」

說完之後，掛上電話。

電話的秘密

明智放下聽筒，將這件事情告訴房內的其他兩人。松波博士和小林少年互相對望，感到很驚訝。

「但是，先前我的確是用房間內的電話報警的呀！為什麼不是真正的警車前來呢？」

松波博士覺得很不可思議的說著。

「已經過了這麼久的時間，警車不可能一直沒有來，一定有什麼原因。」

明智說著，撥打面前電話的轉盤，耳朵貼住話筒聆聽。

「咦？真奇怪！電話好像故障了，再到別處檢查看看。」

說著，離開埃及室，來到對面的博士研究室，試著撥打電話，結果電話也故障了。

明智檢查電話線，然後打開窗子看看黑暗的庭院，突然好像想到什麼似的，跑出了房間，下樓進入庭院。

庭院的角落有個小小的倉庫，明智打開事先準備好的手電筒照亮倉

庫，打開倉庫的門檢查裡面。

「啊！就是這裡，這裡有電話機。」

明智大叫著。

「二十面相剪掉兩條電話線，用其他線連結電話，然後命令他的手下待在這裡，假裝一一〇的警察接電話，所以，電話才沒有真正的打到一一〇去。」

這就是警車沒來的真正原因。

「竟然做好這樣的準備，真是可怕的傢伙。」

松波博士感到非常訝異，喃喃自語的說著。

小林少年在明智偵探的指示下，跑到門外，用紅色電話（當時的公共電話大多是紅色的）通知警政署這件事情。

博士和明智偵探又回到原先的埃及室，在那兒交談著。

「幸好保住了埃及捲軸。雖然犯人逃走了，但捲軸盒還好端端的擺在這，這一切全靠明智先生的幫忙。」

松波博士打開擺在桌上的銀盒，確認捲軸還在裡面，並向明智道謝。

「但是，還不能掉以輕心，不知道他下一次還會利用什麼手段來偷走它。最好只將這個銀盒擺在埃及室裡，將裡面的捲軸擺到其他的盒子裡，藏在別的地方。」

明智這麼說著，博士點頭附和：

「我也這麼認為。我在世田谷區安靜的街道上重新裝潢了自己的房子，最近才剛完工。就將這個捲軸擺在不起眼的盒子裡，每天由我帶回家好了。」

「這樣也好，盡量擺在不起眼的盒子裡。」

不久之後，警政署的中村警官帶著三名部下前來。由於沒有什麼新的發現，因此這件事情就此打住。

至於擺在木盒裡面的捲軸，其命運又是如何呢？二十面相並沒有放

棄偷走捲軸。那麼，他是不是又會使用什麼神奇的魔法呢？看來似乎又要發生什麼可怕的事情了。

第三天晚上，松波博士的新家發生了令人匪夷所思的事情。目睹這件怪事的是博士的鄰居，也就是一家公司董事的兒子西村正一。

活生生的手腕

西村正一是小學六年級的學生。這天晚上，他在二樓自己的書房內寫作業。

從書房的窗戶，可以看到鄰居松波博士重新裝潢的房子二樓。距離大約十公尺遠。可以看到寬廣的西式房間才剛貼上壁紙，空著的房間內尚未擺放家具，只在這個房間的正中央放了一個小圓桌。不過，房內的照明設備卻非常華麗。從天花板垂掛有裝飾著許多玻璃球的水晶燈，照亮了房間的每個角落。

房間內有四扇大玻璃窗，全都緊閉著。不過因為是玻璃，所以看得很清楚。

房間裡面沒有人，但燈卻是亮著的。不久之後，對面牆壁左邊盡頭的門被打開，走進一位非常氣派的老人。正一不認識他，但事實上他就是這間宅子的主人松波博士。也許他剛從研究所回來。

老博士謹慎的拿著小木盒，將它放置在房間正中央的桌上。正打算打開蓋子時，好像有人在門外叫他，博士回頭一看，不知說了些什麼。只看到嘴唇在動，聽不到聲音，但臉卻似乎露出「真麻煩」的表情，然後便趕緊走出門外。

木盒就這樣的被放在桌上。可能是因為打算立刻折返，所以擺著之後就出去了。

可是，博士卻一直沒有回來。沒有家具的房間裡空蕩蕩的，非常的

安靜。嶄新的壁紙讓燈光看起來更加的明亮。

正一從自己書房的窗子，一直觀察對面的動靜。

「待會兒一定會發生什麼事情。」

心頭不停的浮現這樣的感覺，所以一直盯著對面瞧。

結果，對面明亮的房間裡真的發生了恐怖的事情。

突然有白色的東西，出現在小桌子上，而且那傢伙一下子就靠近了木盒。

是大蟲嗎？不是的。

啊！是手，是人的手。只有一節人的手爬上了桌子。

桌子只有三隻桌腳，從桌底就可以看到對面的壁紙，所以桌子底下根本不可能躲藏任何人。竟然沒有看到人的身體，只看到一節手在那裡移動著。

正一好像看到妖怪似的，嚇得毛骨悚然。那一節就好像從身體上被

切下來的手，活生生的在那兒移動著。怎麼可能會發生這樣的事情呢？

但是，那真的是隻人的手。就好像大蟲一樣，爬上木盒。

啊！手終於抓到了盒子，然後啪的往上抬，盒子與手同時消失得無影無蹤。

光靠手就偷走了盒子，而且消失了蹤影。

正一覺得自己好像做了惡夢似的，但這並非一場夢。

對面的二樓真的發生了恐怖的事情。

正一趕緊跑出書房，下樓來到爸爸的書房，告訴爸爸這件事情。

爸爸西村先生聽了，笑了起來：

「怎麼可能會有這種事情呢？你是不是眼花了？」

根本不予理會。

「我沒有眼花，我真的看到了！爸爸，有可能是二十面相。」

「咦！二十面相？」

就算是西村先生也嚇了一跳。

「對面住的是松波博士，最近二十面相不是還溜進松波博士的古代研究所嗎？也許消失的木盒裡面放的就是埃及捲軸。」

正一是個非常聰明的少年，他立刻就察覺到這一點。

聽到他這麼說，西村先生也不能再放任不管，因為他也在報上看過關於古代研究所的報導。

「那麼，我陪你到對面去，你將看到的這件事情告訴他們吧！」

「嗯！」

於是西村先生和正一父子，一起拜訪松波博士的新家。

一到那兒，才發現博士的家中已經引起一陣騷動。

松波博士的妻子在很久以前就已經過世，家中沒有孩子，只有書生（寄居在他人家中，幫忙處理家事的讀書人）、佣人、管家及他四個人而已。這四個人在家中到處徘徊，不知在找些什麼。

鄰居的西村父子來訪，松波博士請他們到一樓客廳入坐。這裡和二樓不同，擺放著許多華麗的家具。

「把你看見的事情告訴博士吧！」

西村先生這麼說，於是正一便詳細的說明了剛才目睹的怪事。

松波博士聽完之後，點頭說道：

「是這樣嗎？我知道了。事實上，我也看到了抓著木盒的手，所以正一並不是眼花。」

「博士，你當時是在門外看到的嗎？」

正一詢問著。

「不！不是在那個房間，而是在樓梯發現的。我看到抓著盒子的手飄浮在空中，接著飄下樓梯。簡直就像妖怪一樣！我嚇得趕緊追趕。

但那隻飄浮在空中的手卻閃過我，在下了樓梯之後，又飄向走廊的玄關。它的速度非常快，一下就跑出去了。

玄關的門，無聲無息的打開，手就從那裡飛了出去，當然手上還抓著盒子。

盒子裡放著重要的埃及捲軸。

我拼命的追趕，但是當我跑出去時，手和盒子都不見了。

感覺就好像是氣泡消失在空中似的。

於是我趕緊打電話報警，並且通知私家偵探明智先生，所以才會引起這麼大的騷動。」

松波博士很沮喪的說明著。

「博士。」

這時，正一突然叫道。

「也許是透明人！二十面相在很久以前（第七集「透明怪人」）的一次事件裡，不是假扮過透明人嗎？也許這次就是使用那個手法。」

正一有朋友是少年偵探團的團員，所以他非常了解二十面相的事情。

啊！透明人。二十面相真的具有變成透明人的能力嗎？如果真是這樣，接下來又會發生什麼離奇的事件呢？

空中的聲音

達到目的的二十面相，在接下來的一個月裡，不知道躲在哪裡，消失得無影無蹤。

但在某天晚上，港區寧靜住宅區內的恩田家內發生了可怕的事情。恩田是三木珍珠株式會社的董事。家人包括妻子和獨子章太郎共三個人，剩下的全都是雇用的人。章太郎的家庭老師兼書生，青年山口武雄，被他們視為是家人，平常都與主人一家人一同吃飯。

這天吃完晚飯之後，四個人和兩位客人圍坐在西式房間的一張大桌前。客人就是恩田公司裡的職員友田，以及親戚北川。

今天是恩田的生日，於是邀請兩位客人來家裡吃飯。用完餐之後，大家圍坐在桌前，準備欣賞擺在桌上的物品。

那是一個美麗的大象擺設。高二十公分的大象，全身鑲滿了幾千顆珍珠，大象的眼睛則鑲著黑色的貓眼石。光是貓眼石，就價值幾十萬圓。

整座大象寶物到底價值多少錢？根本難以估計。

這個珍珠象，是三木珍珠公司在很久以前參加法國大型展覽會時所展示的作品，後來讓給了恩田先生，成為他們家的家寶。

「我去年曾經看過，但不管什麼時候看，都覺得它真是太美了。大象的身形栩栩如生，珍珠的顏色更是不在話下。」

親戚北川似乎難以形容自己的感受。

「一年只能看一次，這的確是有價值的東西。我想，你們家的人也應該是只有在恩田先生生日的那一天才看得到它吧！」

職員友田說著。

的確如此。即使是獨子章太郎和母親，也很少有機會能夠看到這個寶物。

章太郎就讀小學六年級，每年看一次大象，讓他覺得很快樂。從小開始，他就非常喜歡大象，而且擁有很多大象的玩具。但和這個寶物相比，那些玩具根本微不足道。

「真是不可思議呀！這傢伙怎麼沒注意到這個寶物呢？」

北川突然說了奇怪的話。

「那傢伙是誰？」

恩田詢問。

「怪盜二十面相呀！」

「你說什麼？」

恩田聽到對方說出這麼不吉利的話，氣得皺起眉頭。

「那傢伙對於珍貴的美術品，是絕對不會放過的，他用偷來的寶物在自己的巢穴裡建造了非常華麗的美術館，而且從最近報紙的報導中得知，他似乎偷走了古埃及的捲軸。他怎麼沒有察覺到恩田家的寶物呢？那傢伙也未免太粗心大意了吧！哈哈哈……」

北川開著令人討厭的玩笑。

這時，就好像北川笑聲的餘韻似的，不知從哪兒傳來了哈哈哈……的聲音。

笑聲不絕於耳。

大家嚇得互相對望。章太郎的母親更是被嚇得臉色蒼白。

「是誰？」

家庭老師山口青年站起身，打開門往外瞧，但是走廊上空無一人。

「哈哈哈哈……」

原本只是輕微的聲音，後來卻漸漸變大。

山口站在窗邊看著黑暗的庭院，可是那裡並沒有出現任何人影。

「哈哈哈……，就算想找也找不到，你們是無法發現到我的。我在很早以前就已經注意到那個珍珠象了，總有一天我會來拿走它的。」

聲音飄盪在空中。大家環視整個房間，但是並沒有任何發現。

「啊！是透明人！」

章太郎發覺到這一點，突然大叫著。

恩田趕緊將珍珠象放回盒子裡，抱起盒子跑向走廊，家庭老師山口青年也立刻緊跟在後。

不久，恩田和山口青年回到原先的房間，而且已經將寶盒鎖在地下室的金庫中了。

金庫的密碼，除了恩田之外，沒有人知道，而通往地下室的入口同樣是大門深鎖，也是只有恩田才有鑰匙，所以應該沒問題。

「剛才，我就覺得好像有人站在我的身邊似的，可能真的是透明人吧！」

北川這麼說著。章太郎的母親也附和說道：

「咦！我也有這種感覺。好像有人從我的身後通過，真的覺得很可怕，啊！會不會還停留在這附近呀？」

就像是回應她的問題似的，笑聲再度出現：

「哈哈哈哈……我在這兒！不過現在我要回去了，我還會再來，你們要小心點啊！」

聲音漸去漸遠，終於消失了。

「如果他真的打算偷走珍珠象，那麼，只要搶走再逃走就行了，又為何只讓我們聞其聲不見其人呢？真的很奇怪！難道是故意要讓我們認為他是透明人，運用藏在某處的擴音器，讓我們只聽到聲音，好嚇唬我們嗎？」

北川感到懷疑的說著，於是大家趕緊仔細檢查牆壁、天花板、地毯下面等所有的地方，可是並沒有發現任何類似擴音器的東西。

飄浮在空中的花瓶

發生這件事情之後，恩田趕緊通知警察，請警察在他的住宅周圍監視。然而，就在當天晚上深夜時，章太郎的寢室又發生了可怕的事情。

這個房間是章太郎的書房兼寢室，窗邊有書桌和書櫥，另一邊則擺著床。

通常章太郎在九點時會就寢，但因為之前發生了那些事情，使他嚇得一直在床上翻來覆去，無法入睡。好不容易快要睡著時，卻又因為做了惡夢而突然驚醒。

就在不知是醒來第幾次的時候，他感覺到從床上正面可以看到書桌對面的窗簾，正在那兒微微的飄動著。

感覺有些詭異，於是睜大眼睛看個仔細。

桌上擺著座鐘、插著美麗鮮花的紫色玻璃花瓶以及筆筒等。座鐘的指針顯示時間已經十點半了。

就在他仔細察看時，玻璃花瓶竟然在移動，感覺好像有人用手移動花瓶似的。章太郎驚訝得眼睛直瞪著花瓶瞧。

啊！的確如此！花瓶甚至還朝這裡移動著。

花瓶已經到了桌子的盡頭，但是絲毫沒有停下的跡象，仍舊往前移動著。而且，花瓶離開桌子後並沒有掉落，就這樣的飄浮在空中。

章太郎躺在床上，覺得全身顫抖發麻，無法動彈。雖然很想將視線移開，但是卻無法辦到。

花瓶就這樣的離開了桌子，在空中飄浮了一會兒。接著，就好像被人拿起似的，不斷的往上飄，在空中左右搖晃著。

飄浮的位置，大約是一個大人將花瓶拿到胸前的高度。

雖然是透明的，但章太郎似乎依稀可以看到那個人的身影，感覺就

好像是用水做成的人。

花瓶又被放回原處，一動也不動。而那個肉眼看不見的傢伙，似乎還停留在附近。

這時，突然出現一根煙捲平躺在空中。應該是被那個肉眼看不見的傢伙叼在嘴上的吧！

煙被點燃了。紅色的火焰就像螢火蟲般，啪啪的閃爍著，空中也飄出了白煙。

漸漸的，在人的臉部高度附近，瀰漫著一股白煙。

這實在是太不可思議了！有人在抽煙，但卻又不見人影，甚至還吐出了白煙。

過了兩分鐘，那支煙才被抽完，隨即煙就消失了。

可是，肉眼看不見的傢伙還停留在房間內，一直站在那裡。接著，就好像要逗弄章太郎似的，像水一般朦朧的身影朝章太郎慢慢的接近。

二十面相的詛咒

章太郎想要求救，但是，卻無法發出聲音來。拼命掙扎，終於發出一、兩句叫聲。

「救、救命呀！……」

那個肉眼看不到的傢伙，似乎被這聲音給嚇到了，打開了門，走出門外。門就這樣無聲無息的被打開，然後又被關上。

不久，聽到有人在走廊上奔跑的聲音，門隨即被打開，有人衝進了房間內。

原來是家庭老師山口。

「小章，怎麼回事？剛才是你在呼叫吧！」

章太郎臉色鐵青，嘴唇顫抖，一句話也說不出來。後來，才斷斷續續的說著剛才發生的事情。

「喔！那傢伙真的溜進來了。剛才我可能在走廊上和那傢伙擦身而過也說不定呢！」

山口認為應該將這件事情告訴恩田先生，於是趕緊離開了房間。

當然，整個家又掀起了大騷動，連佣人們也都害怕得不敢睡覺。

恩田先生立刻打電話通知警察。警察局派了兩名刑警前來搜查整個住宅。但是，既然是肉眼看不見的傢伙，當然也就找不到什麼線索，因此，吩咐恩田先生小心門戶之後便回去了。

奇怪的格鬥

怪盜二十面相變成了透明人，出現在恩田家，並且宣稱要奪走家寶珍珠象。恩田先生當然極力想要阻止這件事情的發生。

珍珠象被擺在地下室的金庫裡，地下室入口厚厚的門板也上了鎖，連家人也無法進入。

恩田先生拜託警察派出兩名刑警，監視恩田家的正門與後門。但是

第二天早上，恩田家的庭院還是發生了可怕的事情。

恩田的兒子章太郎，從自己書房的窗子看向庭院。

庭院種植著各種樹木，在章太郎窗子的正前方種了一棵山茶樹。茂密的樹葉中，開了一朵鮮紅的山茶花。

章太郎的目光被紅花吸引住，沒有辦法移開視線。

然而，那朵花卻突然被不知名的人摘下，但是，沒有掉落地上，而是飄盪在空中。

花的上頭什麼也沒有，也沒有吊著一根線，但是，它的確已經離開了樹枝。

花就這樣的飄盪在空中，然後停住。如果說有人站在那兒，則花就剛好停在人的臉部高度附近。

就好像肉眼看不到的人，將花拿到眼前欣賞似的。章太郎著實嚇了一跳，心想，一定是透明人摘下了山茶花，在那兒獨自的欣賞著。

他想趕緊將這件事情通知父親。正要起身時，有人從庭院那兒走了過來，原來是家庭老師山口青年。

山口似乎也發現停留在空中的山茶花而呆立在那兒。後來終於回過神來，趕緊朝著花撲了過去。

聽到身體互相撞在一起的聲音。雖然眼睛看不到，但是，的確有人站在那兒。

接著，開始一陣激烈的扭打。

山口青年非常勇敢，他氣喘如牛，面紅耳赤，終於將對方給壓倒在地，而且緊勒著對方的脖子。

但對方是二十面相，怎麼可能輕易的束手就擒！

山口一下子又被推倒了。肉眼看不到的傢伙，用驚人的力量將山口推倒在地。

山口又撲向對方，結果又被對方推倒，一屁股跌坐在地。

「畜生！想逃嗎？」

山口立刻站了起來，撲向對方，雙方又扭打成一團。突然，山口的身體朝向空中劃出了半圓的弧形，被扔到對面的樹上。原來肉眼看不到的傢伙，使用了柔道中仰臥倒蹬腹摔的招式。

正當山口翻身打算站起來時，對方又立刻騎在他的身上，勒住他的脖子，並且朝左右移動。雖然奮力掙扎，但終究是筋疲力盡而已。

「哈哈哈哈……，投降了吧！我可是柔道五段的高手喔！怎麼可能被你捉到呢？」

聲音從空中傳來。

接著，好像突然想到什麼似的，說道：

「啊！章太郎，你也站在那裡！不過你放心，我不會傷害你的。但是，你要去對父親說，今天晚上要提高警覺喔！

是的，珍珠象今天晚上就會不見了。

好吧！我就決定時間好了，就在晚上十點。十點我一定會把珍珠象給偷走的。你一定要告訴父親喔！我是二十面相，我絕對不會破壞約定的，知道了嗎？哈哈哈哈……我走了！」

笑聲漸去漸遠，終於消失在樹叢中。

山口青年終於坐起身來。章太郎趕緊去告訴父親這件事。

請來看守的兩名刑警，搜查整個庭院。但對方既然是肉眼看不見的傢伙，當然是無計可施。到底是已經逃走，還是仍舊在附近徘徊呢？根本不得而知。

看來只有集合眾人的力量，嚴密看守地下室的金庫了。

可愛的女孩

章太郎是就讀小學六年級的學生。這一天，他在學校將透明人的事

情告訴班上的朋友竹內。竹內是少年偵探團的團員之一，非常的聰明。

「嗯！那傢伙的確是二十面相。我想，可以將這件事告訴我們的小林團長，因為他和二十面相長期作戰。二十面相也是令我憎恨的敵人，小林團長一定會幫助你的。」

竹內這麼提議，於是兩人便在放學後一同前往明智偵探事務所去找小林少年。

「我要打電話回家，告訴爸媽說我會晚點回去。」

二人來到街上的公共電話前，章太郎掏出十圓硬幣，打算打電話。這時，竹內說道：

「不可以說你要去偵探事務所喔！透明人不知在那裡，他可能會聽到呢！就說要到我家去玩好了。」

竹內輕聲的說著，於是章太郎就照著竹內的吩咐向家裡報備，然後便搭車前往位於麴町的明智偵探事務所。

正好小林少年在事務所內，於是立刻將兩人帶到自己的房間。

報紙上經常刊登少年偵探團團長小林芳雄的照片，所以章太郎也看過他。小林大概是中學三年級的學生，但是，卻有著一張孩子氣的臉，是個笑起來非常可愛的少年。

這樣的孩子，怎麼可能和可怕的二十面相長期作戰呢？真令人覺得不可思議。

「這是我的朋友，恩田章太郎。二十面相說要去偷走恩田父親的寶物，所以今天晚上很危險。」

竹內介紹完之後，章太郎向小林打招呼，並將之前發生的事情娓娓道來。

「是嗎？那傢伙假扮成透明人？我知道了。我去和明智老師商量一下，你們等我一會兒。」

小林少年說著走出了房間。不久之後，他微笑著走回來，說道：

「老師真是太厲害了！他早就識破二十面相的把戲。我和老師已經針對這件事商量了一些計策。

恩田，明智老師說想要打電話給你的父親商量一下，請告訴我你家的電話號碼。」

問出電話號碼之後，小林少年又走出了房間。

老師指的就是名偵探明智小五郎。明智偵探之前就已經與二十面相交手過好幾次。但是，二十面相這傢伙，就算被關在監獄裡，也能像魔術師一樣輕易的脫逃。

因此，明智偵探和二十面相成為不共戴天的仇人。明智偵探非常了解二十面相的作法，每次都會識破對方的計謀，讓對方大吃一驚。這一次不知道對方又要耍什麼伎倆。

明智偵探不知與恩田先生談了些什麼，章太郎等人等了二十分鐘，後來入口的門打開了，一名非常可愛的少女走了進來。

「歡迎光臨！」

少女說著，非常有禮貌的鞠躬，難道她是在這兒幫忙的人嗎？

但是，這位少女接下來卻說：「你在等我嗎？」側著頭，眼睛帶著笑意。

咦？真奇怪？竹內和章太郎都瞪大了眼睛。

「哈哈哈哈……，是我。我是小林，我已經變裝了。」

這次聽到的的確是小林少年的聲音，真是巧妙的變裝！看起來一點也不像小林，而像一個普通的女孩。

小林少年為什麼要變裝呢？

「事實上，剛才明智老師和恩田的父親在電話中已經商量好了，由我假扮成女孩，到你們家去幫忙。怎麼樣？不管是誰，都不會知道我其實是個男孩吧！」

「是不是要假扮成我們家的佣人，藉此捉住二十面相呢？」

「是呀！相信一定可以成功的。老師和你父親商量的事情，你們家裡的人都不知道，因為在請他聽電話時，並沒有說是明智偵探打來的。只有你父母知道我假扮成你們家的佣人，而對外也宣稱前一陣子拜託別人找的佣人已經來報到了，你也要裝作不知道喔！」

「為什麼要假扮成佣人呢？」

章太郎覺得很奇怪，好奇的問道。

「這是有原因的。現在還不能告訴你，以後你就會知道了。」

正在聊天的時候，門被打開了，一位高大的成年人走了進來。章太郎雖然是頭一次見到他，但因為經常在報紙上的照片中看過這個人，所以知道他就是名偵探明智小五郎。

「啊！老師，這個人就是恩田。」

小林少年為兩人介紹。章太郎頭一次見到著名的私家偵探，覺得有點害羞，但仍很有禮貌的鞠躬。

「你很擔心吧！不過，有小林去你們家就不用害怕了。小林雖然是個孩子，但是他很聰明，而且又很勇敢，以往建立過許多功勞呢！甚至光靠小林一個人的力量，就可以捉住二十面相喔！

我也是這樣告訴你父親的。而且，在這樣的緊要關頭，我也會前去幫忙的。你不用再擔心了！」

對章太郎說完之後，明智偵探回頭看著假扮成少女的小林少年。

「嗯！裝扮得不錯！而且你也非常懂得學女生說話，這樣就不會被人識破了。到了恩田先生家以後，可別偷懶，要好好的工作喔！」

小林少年在明智老師的鼓勵之下，和章太郎分頭回到恩田家。章太郎在路上和竹內分手，回到自己的家中。

這天晚上，怪盜二十面相真的溜進了恩田家，打算偷走珍珠象，而且還假扮成肉眼看不見的透明人。

假扮成少女的小林少年，到底要用什麼方法，來揭發二十面相的詭

計呢？少年偵探和怪盜終於再度展開鬥智。

看來，想要再次成為透明人，偷偷溜進來的二十面相的真實身份，即將被小林少年識破。

但是，二十面相會輕易的表露身份嗎？

奇怪的足跡

時間終於接近約定的晚上十點。但是在此之前，要先說明稍早在恩田家發生的事情。

就在章太郎待在明智事務所的時候，古代研究所所長松波博士拜訪了恩田家。

松波博士，就是之前埃及捲軸被二十面相偷走的那位考古學家。二十面相假扮成透明人，利用出現一隻手的方式取走放置捲軸的盒子，偷走了捲軸。

在聽說二十面相想要偷走恩田家的寶物後，他想將自己的經驗提供給恩田參考。在透過電話聯絡後，博士來到了恩田家拜訪。

玄關的電鈴響了，家庭老師山口前來應門。看到一位留著白髮、白鬍子的老紳士，他臉色蒼白的衝了進來，隨即啪的迅速關上了門。並且催促山口青年說：

「趕緊用鑰匙將門上鎖！」

由於太過唐突，因此，山口青年驚訝的詢問道：

「您是哪位？為什麼要將門上鎖呢？」

「我是松波，曾打電話與你家的主人約好要前來拜訪。請你將這個門鎖上，否則那個肉眼看不見的二十面相可能會溜進來。」

老紳士抓著門把嚴肅的說著。

山口青年聽他這麼說，正打算去拿鑰匙時，老紳士又慌張的說道：

「還有後門，也要請人用鑰匙鎖好，窗子也全都要關好，千萬別讓壞人有機可趁。」

「我知道了！」

山口青年也曾慘遭透明人的修理，他知道如果讓那傢伙趁虛而入，事情就糟糕了，因此按照老紳士的吩咐，將後門及窗子都關好。

恩田先生從山口那兒得知這件事，於是也幫忙關上門窗。

不久，恩田先生和松波博士坐在客廳裡談話。

「門窗都已經關好了，但是，你怎麼知道透明人會來呢？」

恩田先生覺得很奇怪的問他。

「因為我看到那傢伙溜進你家大門，走向玄關，那傢伙真的已經溜進來了！」

松波博士還是臉色蒼白的說道。

「你是怎麼知道的？對方不是肉眼看不到的傢伙嗎？」

「足跡呀！你聽我說，在通完電話後，我搭乘巴士前來。下了巴士後，來到你家附近。那時我就感覺好像有人在我前面走動，可是我的眼睛卻看不到任何人，因此有些擔心。

我突然想到那個可怕的透明人。難道那個肉眼看不到的傢伙正走在我的前面嗎？這個念頭嚇得我毛骨悚然！

我看了看地面，心想，就算是透明人，也一定會留下足跡，可惜這是一條鋪了柏油的路，人走過根本也不會留下足跡。

然而，就在距離你家門前五十公尺處時，事情有了變化。

在柏油路的地面上，有一個小水窪。裡面的水好像是被人扔下石頭似的，突然濺起了水花。可是，周圍並沒有任何人，也沒有看到石頭掉進水裡。

接著，水窪對面開始出現被水打濕的足跡，形狀好像是人打赤腳的足跡。

這個足跡二個、三個、四個一一出現，然後漸行漸遠。沒有人，卻出現了足跡，一定是透明人。那傢伙不小心將腳踏進水窪裡，結果在乾的柏油路上留下了足跡。

對面就是你家大門，所以，我想他一定是想要溜進來。

於是，我連忙追趕足跡。

那足跡果真進了你家大門。在石板路上還依稀可見那淡淡的腳印。

我心想，一定要搶先一步拆穿他，於是拔腿就跑。在超過足跡後，我衝進玄關，便立刻關上門，同時請你家的人將門窗上鎖。」

松波博士說完了可怕的故事。就在這個時候……。

透明人在家中

這時，客廳的門突然打開，接著又靜靜的關上。兩人都認為應該有

人進來，但卻沒有看到任何人。兩人嚇了一跳，不禁站了起來。

隨即走廊傳來拖鞋啪噠啪噠的聲音，門被粗魯的打開，家庭老師山口青年跑了進來。

「先生，真的很奇怪！我看到這個門自動打開，然後又自動關上，也許那傢伙已經進入家中了。」

山口嚇得臉色蒼白。

「但是，他不可能進來呀！後門和窗子全都關好了呀！」

松波博士環視整個房間，說道：

「那傢伙真是聰明呀！他趁我們關門窗時，可能已經從尚未關上的門窗溜進來了。」

三個人默默的相互對望。雖然不知道那傢伙確實的位置，但是，可以確定他就在這個房間裡，感覺好像可以聽到那傢伙的呼吸聲。

「哈哈哈哈……」

不知從哪兒傳來了低沈的笑聲，接著，那傢伙說出了可怕話……。

「沒錯！我就在這裡。正如山口所言，我的確是很快的就從窗戶溜了進來……。

反正離十點鐘還有一段時間，趁這個空檔我要慢慢的欣賞你家。哇呵呵呵……。」

「畜牲！往哪裡逃！」

山口青年張開大手，繞著整個房間跑。

山口是否因為曾被透明人修理，所以想要報復呢？

當他在繞著房間跑時，好像撞到了什麼東西似的，腳一下子站立不穩。

「好啊！捉到你了！」

他和肉眼看不到的傢伙扭打成一團。

恩田和松波博士也趕緊上前幫忙山口。

這時，門被打開，山口和肉眼看不到的傢伙衝到走廊。

走廊響起有人奔跑的聲音。

「別逃！」

不停的傳來人與人互相打鬥的聲音。突然，「呃……」，聽到了呻吟聲。

恩田和松波博士趕緊跑向聲音的來源處。

「啊！被打倒了嗎？」

在繞過走廊轉角的時候，看到山口青年仰躺在地。

「喂，山口！振作一點！」

恩田扶他坐起來。山口青年摸摸下巴說道：

「又被揍了！怎麼也打不過他！」

又不知被他逃到哪裡去了，但是，可以確定透明人一定還在家中。

不過，因為肉眼看不見，眾人也無可奈何。

怎麼可能發生這種怪事呢？

「我很擔心地下室，山口，你請屋外的巡邏刑警進來，大家合力守住地下室吧！動作快！」

「那麼，我也不回去了！十點之前，我就待在這裡幫忙吧！」

松波博士非常痛恨二十面相，當然會有這種想法。

於是，恩田先生和松波博士一同趕往地下室的入口。

地下室入口那扇厚重的木板門緊閉著，必須藉著鐵軌移到另一邊才能開啟。木板門用精密的鎖鎖住，只有恩田先生才有鑰匙。

檢查之後，發現木板門的鎖並沒有被打開。

「入口只有這一個，只要在這兒守候就行了。」

在恩田說明的同時，山口青年也帶著兩名刑警趕到地下室。

「已經撥過電話回總局，請他們派三名刑警過來支援。畢竟對方是二十面相，如果讓他逃走了，可就糟糕了！」

一名刑警說著。

「是嗎?那麼，當我們進入地下室時，你們就在這裡等著，否則那傢伙趁我們進去時闖了進來，可就糟了！」

不一會兒，另外三名身材壯碩的刑警也來了。

「請你們五人在這個入口守候，五個人手牽著手圍成一圈，這樣就算是透明人也無法通過。我們則進入地下室看守金庫，食物也送進地下室。在十點前就請多擔待些吧！」

要進入地下室非常辛苦。除了請刑警們手牽著手，形成一道人牆之外，木板門也只開到容許一個人能通過的縫隙。

當恩田先生、松波博士及山口青年進入地下室後，便趕緊關上木板門，由負責保管鑰匙的刑警將木板門鎖上。

晚上十點

恩田家地下室的金庫前擺了幾張椅子，主人恩田、家庭老師山口青年以及松波博士三人正坐在那裡看守著。

金庫裡放著今晚十點，二十面相打算前來偷走的珍珠象。再過不久就十點了，所以三人坐在這裡守候。

松波博士曾經被二十面相偷走埃及的古老捲軸，因此，在此幫助恩田先生看守金庫。

通往地下室的入口只有一個，而入口的木板門已經上了鎖，外面有五名刑警手牽著手圍成一圈，看守著入口。

即使是怪盜二十面相，也無法溜進地下室吧！

現在寶物應該很安全，而且金庫也有密碼鎖。這個密碼除了恩田先

生之外，沒有人知道。因此，十點時珍珠象應該不會被偷走。

守在金庫前的三人，坐在椅子上，沈默不語的看著金庫的門。雖然心想應該沒問題，但仍然有些擔心，因為不知道敵人到底會採取什麼樣的計策。

時間一分一秒的經過，感覺過得非常慢。

「還有三十分鐘就十點了。」

松波博士看著手錶喃喃自語著。

「是的，我的錶正好是九點三十分。」

恩田先生臉色蒼白的附和著。

大家都覺得心跳加快。

「但是，金庫裡真的放著珍珠象嗎？」

松波博士這麼說著。

「沒錯。我把它放了進去，並且上了密碼鎖。」

「那是什麼時候的事？」

「昨天晚上。昨天是我的生日，我請朋友來觀賞珍珠象，結果透明人突然出現，於是我趕緊將它放回去。」

「那已經過了一天了。在這一天當中，是否還平安無事的放在裡面呢？我曾經被那傢伙狠狠的修理過，所以感到很擔心。那傢伙好像是個魔術師呢！」

聽他這麼說，恩田先生似乎也開始有些不安。

「那麼，就打開金庫確認一下好了。」

這時，山口青年慌張的從椅子上站了起來。

「還是小心一點，那可惡傢伙可能已經溜進地下室了。剛才我就有這樣的感覺。雖然眼睛看不到，但總覺得除了我們之外，似乎還有別人在這裡。」

「什麼？你說那傢伙在這裡嗎？」

恩田先生大叫著。

「不！我不太清楚，只是有這種感覺而已。因此，就算要確認，也不能將金庫的門全部打開，只能夠打開一條細縫，從細縫中察看，這樣他就無法將東西偷走了。」

山口青年的想法的確合理。只要從細縫中查看，就沒有問題了。

於是恩田先生小心謹慎的彎著腰，轉動密碼鎖，將沈重的金庫門只拉開兩公分的細縫，往裡面瞧。

「還原封不動的在那裡呢！」

說完之後，關上門，再度鎖上密碼鎖。

「真的在裡面嗎？」

松波博士又問了一次。

「沒錯。二十面相不可能打開這道密碼鎖。」

恩田先生終於放心的笑了起來。

「還有十五分鐘，只剩下十五分鐘了。」

博士看著手錶這麼說著。然後三個人便沈默不語，一下看著自己的手錶，一下又看著金庫門。十五分鐘的時間，卻讓人感覺好像有一個小時那麼久。

消失的大象

時間慢慢的流逝，還有五分鐘就十點了。

四分、三分、二分……。啊！時間過得真慢！

終於只剩下一分鐘了。

滴答、滴答，似乎可以聽到手錶秒針走動的聲響，還剩下六十秒就十點了。

三個人臉色蒼白，好像是即將接受死刑似的。

二十秒、十秒……。

「啊！只剩五秒了！」

山口青年大叫著。然而就在他大叫的同時，時間已經十點了。

「已經十點了，……那傢伙終究還是沒有來。」

恩田先生終於鬆了一口氣，自顧的說著。

「已經十點一分了，那傢伙並沒有遵守約定。恩田先生，我們獲勝了！」

松波博士也很高興的說著。

「哇哈哈哈……，二十面相終於也有不能為所欲為的時候。哇哈哈哈！這個奇怪的傢伙終於輸了。」

山口青年又叫了起來。

就在這個時候，

「我並沒有輸！」

聽到可怕的聲音傳來。

三個人互相對望。

啊！那傢伙真的溜進房間裡了嗎？

「你在哪裡？明明是你輸了呀！你不是沒有打開金庫嗎？沒有打開門，又怎麼可能拿走裡面的東西呢？珍珠象還好好的擺在金庫裡面，是你輸了！」

山口青年對著空中大叫著。

「哇呵呵呵……，我可是魔術師呢！就算沒有打開門，可是東西還是被我拿走了呀！不相信的話，你們檢查金庫，看看大象還在不在。」

恩田聽到他這麼說，不安的撲到金庫前，打算轉開密碼鎖。

「啊！等等！這很可能是那傢伙的計謀，還是不要打開比較好。」

山口青年拉住恩田先生的手，制止他。

「喂！喂！你說什麼！現在幾點了？已經十點十分了耶！我說十

點就一定是十點，過了十分鐘後再偷東西，這種事我是不會做的。你可以打開金庫，檢查一下，如果大象在裡面，不就可以放心了嗎？」

聲音傳來的方向非常奇怪！先是從房間右側傳來，現在卻從左側傳來。那個看不到的傢伙，可能在房間裡到處走動吧！

聽他這麼說，不打開也不行了。

「好！我打開金庫的門，你們兩人就站在我身邊保護大象，不要讓那傢伙趁機搶走。」

恩田先生走近金庫，松波博士和山口青年則跟在身後。

轉動密碼鎖後，門被慢慢的打開。

咦！怎麼回事？耳邊傳來奇怪的噗茲、噗茲聲，難道是鐵門在嘎嘎作響嗎？……。

恩田先生停下了正在開鎖的手。

「打開來看吧！再怎麼猶豫也沒有用了。」

博士開口說著，因此，恩田將門整個打開。

「啊！糟了！大象不在了！」

恩田先生大叫著。

之前還在原處的大象，竟然不翼而飛。

松波博士和山口青年看著空無一物的金庫，裡面真的空蕩蕩的。

博士環視整個房間。

「真奇怪！就算透明人拿走大象，也應該可以看到大象呀！不可能連不是自己身體的東西也消失不見呀！就像拿走埃及捲軸時，我還是有看到捲軸和人的手一起在空中飄盪，但現在什麼都沒有，大象竟然就完全消失了！」

這到底是怎麼一回事？並沒有打開金庫的門，又有三個人在旁邊守著，但珍珠象就這麼的消失不見了。

「哇哈哈……，你們覺得非常不可思議吧！我可是魔術師呢！得到了珍珠象，我的美術館裡可又多了一項寶物了。」

肉眼看不到的傢伙，就像幽靈一樣走出沒有出口的地下室。

「畜牲！」

山口青年懊惱的跑上樓梯，撲向樓梯上緊閉的木板門。

但是，卻沒有人站在那裡，只聽到從屋外遠處傳來微微的笑聲。

山口青年又退了回來，三個人茫然的互相對望著，呆立在原地。這時，聽到樓梯上叩叩叩，有人敲木板門。

是誰呢？難道是刑警在打暗號嗎？

「什麼事？你們看到可疑的傢伙跑出去了嗎？」

恩田先生跑到木板門邊，大聲的回問著。

木板門的另一邊傳來微微的聲響。

「什麼都沒看見，寶物沒問題吧！」

既然寶物已經被拿走，那麼關上門又有什麼意義呢？

終於五名刑警也下來了。聽到恩田先生說大象已經消失，大家不禁大吃一驚。

「咦？妳怎麼會在這裡？到那邊去。」

一名刑警好像在責罵似的說著，原來在眾人身後站著一名可愛的女佣人。

「這個孩子待在這裡沒有關係，有什麼事要告訴我嗎？」

恩田先生知道這個女佣人，就是小林少年喬裝假扮的。

「嗯！我有事要告訴你。」

小林到底要說什麼呢？

你是二十面相

假扮成女佣人的小林，來到恩田先生的身旁對他耳語，恩田先生點了點頭，然後為眾人介紹小林少年。

「這是今天才到我們家幫忙的佣人，不過他不是女孩，而是男孩喬裝假扮的。他就是少年名偵探小林芳雄。」

假扮成女佣，就是為了進行偵探工作，現在工作似乎已經完成了。小林說他想要檢查一下金庫，當然沒問題，請檢查吧！」

聽他這麼說，大家都很驚訝的看著這個可愛的女佣，覺得他假扮得真像。

小林走到仍然敞開的金庫門旁，探頭到金庫中仔細的檢查，然後走近站在對面角落的山口青年的面前，對他說了些奇怪的話。

「小鋼珠借我看一下。」

「咦，小鋼珠？」

山口青年一臉茫然的重複小林的話。

小林少年突然撲向山口，從他右邊的口袋裡抓出一把東西。

「你身上帶著小鋼珠。」

原來是小型的手槍。

大家都嚇了一跳，家庭老師山口青年為什麼會攜帶手槍呢？

「這是玩具手槍……，利用空氣槍的作用就可以發射子彈。」

假扮成佣人的小林一邊檢查手槍，一邊看著山口青年。

「這個玩具是從朋友那裡拿來的，我想要送給小章。」

山口青年回答著。小章指的就是恩田章太郎。

「山口先生，這是擺在你房間內手提包裡的東西，也是很奇妙的玩具，你似乎很喜歡玩具嘛！」

說著，小林拿出一樣東西。

好幾十根十公分左右的黑色鐵絲，被亂七八糟的揑成一團。

小林將其中兩根用雙手抓起來，不斷的拉，結果原先被揑成一團的鐵絲不斷的伸長，變成兩公尺長。

以前的確有這樣的玩具。大都是木造的，如果縮起來，是╳╳╳╳╳的形狀，如果拉長，就變成◇◇◇◇的形狀。其中一端安裝在人偶的臉上，突然伸長，就好像恐怖箱一樣，是能使對方嚇一跳的玩具。

此外，也像有線電話機一樣，是用幅度很寬的金屬打造的，能讓話機移動到任何地方。

現在小林拿出的，是同樣的東西，但是伸縮力更強，用起來非常方便，最長能夠伸至兩公尺。

材料是用細的鋼鐵打造並塗成黑色，所以在伸長時，不仔細看，根本看不清楚。

看到這個玩具，山口青年臉色大變，慌張的看看周圍。

察覺到他的舉動，小林趕緊呼叫站在入口附近的三名刑警。

「不要讓任何人離開這個地下室，犯人就在這裡。」

刑警們感到很驚訝，但知道小林少年也是名偵探，因此用力的點了

點頭，三個人堵在入口的樓梯下。

在樓梯上還有兩名刑警。換言之，任何人都無法逃離這個地下室。

「小林，我真的不了解這到底是怎麼一回事。這裡面誰是犯人呢？」

恩田先生覺得很不可思議的詢問著。

「就是這傢伙！」

小林用手指著山口青年大叫著。

「咦？他是章太郎的家庭老師山口，而且曾被透明人修理過……」

「很可疑嗎？那只不過是他自導自演的戲碼而已。雖然感覺好像和透明人扭打在一起，其實都只是他自己一個人裝出被撲倒、甚至被扔出去的模樣。」

咦！怎麼會有這種事情呢？山口青年真的是犯人嗎？可是仍有很多不明白的疑點……。

「那麼……山口青年到底是誰呢？」

恩田先生提出了其他問題。

「是二十面相。」

小林斬釘截鐵的說道。

「咦！二十面相？」

「刑警先生，請趕緊捉住這傢伙，他就怪盜二十面相。」

小林的叫聲響徹整個地下室。

魔法種子

山口青年乖乖的被銬上手銬，但卻是一臉無辜的表情。

「小林，請你說明一下，如果山口是犯人，那麼，他又是如何的偷走這個金庫裡的珍珠象呢？」

恩田先生困惑的問道。

「其實，東西並不是在晚上十點被偷的，而是在更早之前就已經被偷走了。」

「不可能！我在十點之前曾將金庫門打開一條細縫往裡面看，大象確實還在裡面呀！」

「為什麼要將門打開成一條細縫呢？」

「因為擔心透明人也在這個房間裡面，如果全部打開，珍珠象會被偷走，所以才只打開二、三公分的細縫。當時我真的看到大象呀！」

「但那是假的。」

「咦，假的？」

「是的，請看這個。」

小林走進金庫，仔細看看裡面，找出一個小而扁的東西，遞給了恩田先生。

「就是這個！這就是你看到那個珍珠象的真實身份。」

恩田先生接過這個小而扁的東西，用雙手拉開來一看。

就好像一個大汽球似的，只是顏色被染成了珍珠色。仔細一看，還有好像四隻腳的東西，而前端則有小的鉛塊。

「啊！原來是大象形狀的汽球，顏色和真的珍珠象一模一樣呢！」

恩田先生驚訝的看看眾人。

「事實上，這傢伙在白天便偷偷的溜進這裡，偷走了真的珍珠象，將這個假的象與真的象對調。恩田先生以前來金庫時，是否曾帶山口一起來到地下室呢？」

「常常來啊！」

「這就對了。當時山口就已經記住了金庫鎖的密碼。雖然恩田先生盡量不讓山口知道，但是，盜賊只要看你手腕轉動的方式，就能夠知道密碼了。」

此外，雖然地下室已經上鎖，但那只是個普通鎖，只要利用一根鐵

絲就能打開，二十面相根本就不把它放在眼裡。」

「喔！是嗎？我以為假的汽球象是真的象，所以感到安心。但是在十點打開金庫時，卻發現裡面空無一物。

原來是汽球破了，因為變成小的橡膠塊，所以，並沒有發現它縮在角落裡。但是，汽球為什麼會破呢？」

「就是這個玩具手槍呀！」

小林拿出剛才從山口口袋裡掏出的手槍。

「在你打開金庫門時，山口便趁著門還沒完全打開之前，用這把手槍射破了汽球象。當時應該有聽到汽球破掉的聲音，但因為門已經被完全打開，大家只注意到大象不在裡面的事實，也就沒有考慮到聲音的問題了。除了動作必須非常迅速之外，恩田先生在打開金庫門時，是不是有稍微猶豫了一下呢？」

「聽你這麼說，好像真是如此。我並沒有立刻打開門，因為擔心打開門時看不到象不知該怎麼辦。」

「他就是趁這個空檔發射子彈。我想，山口一定是站在金庫旁邊，當門稍微拉開時，便趁你們不注意時發射子彈。因為是利用玩具槍，所以聲音並不大，反而是汽球破掉的聲音比較引人注意。

可是，根本就沒有人想到金庫裡會有汽球，所以就算聽到聲音也不會在意，因為腦海中想的，只是象已經不翼而飛的事情。」

恩田先生對於小林的說明，非常的佩服，與松波博士互相對看著。

能夠想出使用假的汽球象，二十面相的智慧的確過人。但是，能夠加以識破的小林少年，其聰明程度又更勝一籌。

被刑警逮捕並銬上手銬的山口青年，微笑著聆聽這些問答，但他真的是二十面相嗎？如果是，又為什麼臉上卻露出若無其事的表情呢？

「小林，我非常佩服你的智慧，但我還有很多不了解的地方。你是不是一切都明白了呢？」

恩田先生詢問著。

「嗯！我應該都知道。當然，不光是靠我自己的智慧，明智老師也識破了這一切。我這些功夫，可都是跟明智老師學的呢！」

「那麼，我再問你，就算山口可以自導自演，但是，透明人不光是在那時出現而已。有時候看不到人，卻可以聽到二十面相的聲音。原以為他在遠處說話，而房間內的某處藏有擴音器，但事實上，並沒有發現這種機關。這究竟是怎麼回事呢？」

「是腹語術。」

「咦！腹語術？」

「就是將人偶放在身上，和人偶對話的表演呀！表演的時候，人的嘴巴不用張開就能說話，感覺好像人偶在說話一樣。二十面相是活用腹語術的專家，你們會覺得聲音從房間各個角落傳出，這也是無可厚非的事情。」

腹語術！真的是如此嗎？

神奇的道具

面對恩田先生的詢問，小林少年陸續的說出二十面相的秘密。原來並不是真的有透明人，這全都是山口青年自導自演。

「山口假裝和肉眼看不到的傢伙扭打成一團，然後，利用腹語術假裝透明人，好像在大家的身邊。這些我都能理解，但仍有一些疑點我不太清楚。

例如，半夜裡章太郎房間內的花瓶飄浮在空中，而且好像有人在空氣中抽煙，甚至吞雲吐霧。

還有，庭院裡的山茶花好像被人摘下，離開樹枝而飄浮在空中，一動也不動。這些又該如何解釋呢？」

恩田先生，就像是在要求小林解答謎題似的。

「當時，有沒有檢查章太郎房間內的天花板呢？」

「當然檢查了！因為猜想花瓶和煙可能是有人從上面用細線吊起來，所以仔細的檢查過，但是並沒有發現任何機關。另外，庭院中的山茶花不可能從天空被吊起來，真的是飄浮在沒有任何支撐點的空中。」

「是呀！大家都認為物品自己會飄浮，是因為上面有根線吊著，二十面相了解大家的想法，所以，他並不是從上面著手，而是由側面拉住東西。」

小林一面說著，一面讓大家看用黑鐵絲製成的伸縮道具。這個道具在縮短時是ＸＸＸＸＸ形狀，拉長時則變成◇◇◇形狀。

這些都藏在山口的手提包裡。此外，還有附屬的小配件，當前端拉開時，就變成了夾東西的小配件，而且各種尺寸都有。」

小林將這個鐵絲小配件擺在手裡，讓恩田先生看。包括塗成黑色的鐵絲，彎成圓形便可以夾東西，或是前端較細的小鑷子等，各種形狀的配件都有。

「那天晚上，二十面相將章太郎的窗子稍微開了一點縫隙，將這個道具從縫隙中伸進房間內，夾住花瓶瓶口較細的部分後往上抬。當時由於他在前端安裝著大的圓形金屬器具，再加上窗子裡掛著厚重的窗簾，所以，即使從縫隙中將道具塞入，章太郎也不會發現窗外有人。

這個鐵絲道具這麼細，而且又塗成黑色，以章太郎睡覺的床來說，鐵絲是從直角的方向伸進來，這與由側面看的情況不同，所以，不用擔心會被發現。雖然這個道具可以伸長兩公尺，但由於花瓶就擺在窗子附近，因此，鐵絲的長度只需要用到一公尺便能吊起花瓶。

煙會飄浮在空中，也是使用這個道具。

這一次，是使用前端較細的金屬器具纏繞細的橡皮管，在橡皮管前端插入煙捲，橡皮管尾端則裝置了能夠送入空氣的圓球，犯人便在尾端

擠壓圓球，藉此送入空氣。

這就是煙捲會噴煙的原理，看起來就像是透明人在抽煙似的。

山茶花也是同樣的情形。犯人躲在樹叢中，利用這個道具摘下花，讓花飄浮在空中。由於這個道具也和章太郎所站在窗子成直角，再加上後面又是黑色的樹叢，因此，細小的鐵絲根本就不會被察覺，而且能讓山茶花在空中停留一陣子。

山口將這個道具纏在樹叢中的樹枝上後，便離開現場，然後假裝從對面走來似的，撲向肉眼看不到的對手。當他撲向前的時候，便趁機將空中的花揪下來，鐵絲道具便縮回樹叢中，然後，展開了激烈扭打的獨角戲。」

當小林少年將魔法種子全盤說明清楚之後，大人們都非常佩服他分析事理的能力。

「原來如此，小林團長，你真聰明！」

突然聽到小孩的聲音。原來是恩田先生的兒子章太郎，不知何時來到了地下室。

「啊！章太郎，你應該要待在媽媽的身邊才對。」

恩田好像責罵他似的說著。

「沒問題的，有刑警在這保護我呀！對了，爸爸，小林團長已經奪回珍珠象，並且交給媽媽了。」

「咦，真的嗎？」

「嗯！我倒忘了說明這件事。我已經找回珍珠象，就在山口房間壁櫥的天花板上找到的。要找到這個東西，可真是大費周章呢！」

「真是謝謝你！你真的是很棒的孩子。關於你的功勳，我曾在報紙上看過。可是，我沒想到你真的這麼厲害，我要好好的向你道謝一番。」

恩田先生十分的佩服小林。

最後的謎團

不久之後，原本聽到寶物已經找回而感到高興的恩田先生，卻又突然的皺起了眉頭。

同時臉上露出狐疑的表情。

「不過，小林呀！我還是不太了解。因為的確有證據可以證明透明人的存在，像是松波先生家擺在桌上的捲軸盒被人的手拿走的事情。

當時隔壁鄰居的孩子，也親眼目睹了這件事。

松波先生自己也看到了拿著木盒的手在空中飄盪，最後逃走。不光是如此，昨天傍晚，松波先生還看到透明人的足跡留在地面上，並且跟蹤足跡而來到我家。松波先生，是不是這樣呢？」

「是呀！我的確看到只有手在空中飄浮，以及只有足跡在地上留下記號。」

松波博士用力的點了點頭，斬釘截鐵的說著。

「小林，你一定要解開這個謎團才行。你能夠說明嗎？」

對於這個問題，小林也無法回答。松波博士是活生生的證人，而且博士不會說謊。對此小林無言以對，因此沈默不語。

沒有人說話的地下室裡，一片寂靜。

就在這時，樓梯上的一名刑警跑了下來，來到恩田先生的耳邊，說了幾句話。

「喔！是嗎？請他立刻到這裡來吧！」

恩田先生好像很高興似的，到底是誰來了呢？

當刑警再度回來時，聽到有人走下樓梯的腳步聲，出現了兩個人。

「啊！明智老師。」

「哦！明智先生。」

章太郎和松波博士都異口同聲的叫著。原來是明智偵探和警政署的中村警官。

打扮成佣人的小林少年，為恩田先生引薦明智偵探與中村警官。雙方在打過招呼後，恩田先生笑著說：

「我非常佩服偵探的助手小林，他解開了很多謎團，而且找出了犯人，山口就是二十面相。」

說著，用手指著被銬上手銬的山口青年。

「的確如此，我一開始就察覺到山口就是二十面相，而小林也就是為了調查這件事才到這兒來的。」

「二十面相，好久不見啦！」

當明智出聲打招呼時，山口青年露出苦笑。

「你看我這個醜態。」

說著露出自己的手銬。

「我非常佩服小林的解答，但是，明智先生，我還沒有輸呢！因為小林還有未解開的謎團。」

「嗯！說得也是。那就由我來解答吧！無法解開的謎團，就是松波博士所看到的手和足跡。之前一名叫做西村正一的少年，曾經看到松波博士家二樓的桌上出現了一隻手。當我在報紙上看到這個消息時，立刻就解開謎團。小林應該也知道，你說說看。」

「嗯！這個我知道。」

小林開始敘述。

「那是使用鏡子的手法，是二十面相非常拿手的技巧。他在桌腳之間斜貼了兩面鏡子，然後便躲在鏡子後面，只把手放到桌上，抓住放著捲軸的木盒，等西村從隔壁家中的窗子看向這間房間時，再開始表演自己的戲法。桌下的鏡子映出房間內的壁紙，因為是和桌子後面壁紙的圖案相同，所以讓人誤以為桌下空無一物，這樣也就沒有發現鏡子後躲著

人，而造成只有一隻手爬上桌子的假相。」

「不錯，但這種說法有點奇怪。因為要在桌腳處擺鏡子，似乎不可能馬上就弄好，應該是事先就已經裝好鏡子才對。若是這樣，松波博士應該會發現才對呀！這不是有點奇怪嗎？」

當明智這麼說時，一直看著松波博士。

「喔！明智先生也懷疑我嗎？難道你認為我在說謊？」

松波博士逼問明智。

「是呀！你在說謊。你想看證據嗎？」

明智對站在旁邊的中村警官使了個眼色，警官立刻對身旁的刑警耳語一番，於是刑警趕緊跑上樓梯。

這時的地下室，瀰漫著一股凝重的氣氛，大家都屏氣凝神的等待即將發生的事情。終於，聽到腳步聲從樓梯上傳來，一名刑警帶著另一個人出現了。

出乎意料

當大家看到這個人時，都「啊！」的大叫出聲。

這個人到底是誰呢？不是別人，正是松波博士。

但是，松波博士之前一直待在地下室，而且現在他仍站在原處沒有離開，只是在同一時間內，竟然有另一位長得一模一樣的松波博士正走下樓梯。現場出現了兩位松波博士。

突然，明智偵探衝向之前的那位松波博士，並抓住了他。在對方還來不及防備之下，迅速扯掉他的假髮和假鬍子。

當白頭髮、白鬍子和眉毛全都被扯下來之後，露出一張年輕的臉。

男子留著一頭的烏黑頭髮，看起來大約三十歲左右。雖然臉上畫了皺紋，但仍無法掩飾他的年輕。

「這是二十面相的弟子，也算是變裝的專家。當松波博士搬進新家的時候，就已經被這個冒牌貨對調了。真正的松波博士，被關在古代研究所地下室的倉庫裡。

當然是二十面相將他關起來的，而這個冒牌貨便若無其事的每天到古代研究所去當所長。

然後，再悄悄的送食物給被關在倉庫裡的松波先生。

現在大家都已經了解了吧！只有手飄浮在空中，還有只留下足跡等等的說法，事實上，都是這個假博士杜撰出來的故事。」

所有的謎團都解開了。小林說道：

「不愧是明智老師，說明得真棒！……」

小林高興不已。刑警們則趕緊為假的松波博士銬上手銬。

真正的松波博士，有氣無力的向大家打招呼後，說道：

「我被明智先生救了出來，之前他在古代研究所幫我阻止埃及捲軸被偷走，這一次又救我出來，真是感激不盡。」

松波博士向明智先生致謝。

「不！還有一個問題。雖然曾阻止埃及捲軸被偷走，但第二次卻因為透明人的手法，捲軸再度被偷走。」

明智說著，看著二十面相。

「你要將捲軸還給松波博士。」

假扮成山口青年的二十面相，笑著說道：

「既然我被抓了，當然會將東西還給對方。但是，明智先生，你應該知道二十面相是魔術師，我總是準備好了絕招。

你應該知道我的絕招吧！可千萬別鬆懈喔！」

「哈哈哈……，你還是老樣子。如果你有絕招，那麼我也有絕招，而且絕對不會輸給你。我們都要小心對方的絕招喔！……」

明智偵探也不服。

兩名犯人，終於被帶到警政署。

怪盜二十面相和他的弟子，單手各自和一名刑警互相銬上手銬，如此一來，犯人與刑警無法分開，就算想要逃走，也必須拉著刑警的手一起逃走。

必須拉著刑警一起逃走，犯人當然不會笨到這麼做，因此，應該萬無一失才對。

大家終於從地下室爬上一樓，來到玄關處。

跟在眾人身後的明智偵探，走到小林少年的身邊，對他耳語一番。小林說道：

「沒問題！口袋小鬼早就在監視了。」

小聲的回答著。

口袋小鬼是少年偵探團的青少年機動隊的成員之一，現在就讀小學四年級。由於他的身材非常矮小，動作敏捷，甚至可以裝進口袋裡，因此，得到了這個綽號。

事實上，他是個非常聰明的孩子，以往便常以他那嬌小的身材立下了許多汗馬功勞。

故事愈來愈有趣了。接下來口袋小鬼到底要進行什麼樣的任務呢？

口袋小鬼

就在兩名被刑警銬上手銬的犯人，走出恩田先生家玄關的時候，門與玄關之間的黑暗樹叢中，有一名男子蹲在那裡觀察情況。

一身黑色的裝扮，因此，沒有人發現有人躲在那裡。

男子看到二十面相和他的弟子被抓住之後，嚇了一跳，急忙摸黑離開大門，跑到對面。

這名男子可能是二十面相的手下。二十面相為了以防萬一，事先派

遣手下在玄關外監視。如果自己被抓走，那麼，就趕緊依照事先訂好的計劃去做。看來二十面相的絕招就是這一招吧！

在離恩田先生家一百公尺遠的小巷子裡，停了一輛汽車。男子跳上駕駛座，拿起安裝在前面的無線電通話器急忙聯絡著。

如果這真是二十面相的手下，那麼，可能所有二十面相的手下都裝備了無線電，對方一定是二十面相巢穴中的另一名手下，他們可能正用無線電在聯絡。

但是，還有一件值得注意的事。這名男子以為自己沒有被人發現而安心的坐在汽車上，但事實上，有奇怪的傢伙正在跟蹤他。

那是一個全身漆黑的傢伙。看起來像是七、八歲的矮小身材，全身被緊身的毛衣和緊身褲包住。頭上套著黑布，有如怪物般，中間挖兩個洞，只能看到眼睛。

這個傢伙，早在恩田先生家的庭院中就已經跟蹤這名男子了，而男子卻沒有發現。因為四周一片漆黑，而且跟蹤在後的又是一名矮小的男子，所以當然不容易被發現。

男子坐上了汽車，矮小的男子則悄悄的繞到車子後面，從口袋裡掏出好像萬能鑰匙般的東西，無聲無息的打開後行李廂，溜了進去。

這個小怪物，是不是小林對明智偵探耳語時所提到的那名少年機動隊的口袋小鬼呢？

在以往的事件中，口袋小鬼也經常以一身黑色的裝扮露臉，所以他應該就是口袋小鬼。

可疑男子的汽車從這裡開走，到底要開往何處呢？

這時就在恩田先生家的門前，二十面相和他的弟子被帶上大型警車。後座的兩邊各坐了一名刑警，把兩名犯人夾在中間。雖然有點擠，但還是必須這麼坐。

刑警和犯人，各成為一組，並且用手銬銬著，所以，二十面相根本

插翅也難飛。

明智偵探和小林少年坐上明智一號汽車，中村警官和其他刑警則坐上另一輛警車，跟隨犯人的車子前進。

已經過了半夜十二點。車子開到大街時，仍有許多車子行駛在道路上。

載著犯人的車子，行駛速度相當快。在等紅綠燈時，與其他車輛大約距離一百公尺。

車子從大街進入小巷後，一邊是神社的森林，一邊是長長的圍牆。這是前往警政署最荒涼的途徑。回頭一看，兩輛車還沒有跟上。

這時，有一輛卡車迎面而來。車頭燈的強光照著警車駕駛的眼睛，看不清楚視線的駕駛，想要閃避卡車。

在警車駕駛根本無暇思考時，卡車便以驚人的力量撞了過來。

被撞暈的警車駕駛，趴在駕駛座上，車前的擋風玻璃破裂，臉和手都流血了。

對面卡車上的人，拼命的大叫著。

負責看守犯人的兩名刑警心想，既然犯人已經被銬上了手銬，那麼打開車門瞧瞧應該沒有問題。

但是，開門後正打算下車時，兩名刑警，就被突如其來的力量，往外猛推。

原來二十面相和他的弟子早已解開手銬。相信大家都知道，二十面相是打開手銬的專家，而他的弟子也同樣以此聞名。

就在刑警被推出來而臥倒在地上的同時，犯人迅速跑進神社的森林裡。至於衝撞警車的卡車，也趕緊掉頭往回開。

後面的兩輛汽車終於跟了上來，但卻為時已晚，二十面相已經從容逃走了。

小國人

跑進神社森林中的二十面相和他的手下，迅速的穿過森林，逃到神社的後門。

這裡是一片廣大的空地，一輛關上車頭燈的汽車開著門在那兒等著。兩人敏捷的跳入車內，汽車立刻發動引擎，離開空地，奔馳在大街小巷中。這輛車的駕駛，就是之前離開恩田家的那名男子，當然也是二十面相的手下之一。

男子利用安裝在車上的無線電，通知了待在二十面相巢穴中的其他人，告知他們首領被抓的消息。而另一位手下則駕駛卡車衝撞載著二十面相的警車，幫助首領脫逃。

怪盜二十面相在事前就已經規劃好這些事，而且計劃要在神社前製造車禍。

二十面相和手下所坐的車子，逕往偏僻的小巷行駛。大約過了三十分鐘，車子停在世田谷住宅區內的一棟大宅前。

車子在門前停下，二十面相和手下打開玄關的門進入宅內。

開車的男子也消失在門內。

這時，汽車的後行李廂蓋無聲無息的被打開。可想而知，後車廂內躲著全身漆黑打扮的口袋小鬼。

穿著緊身衣褲，戴著黑色蒙面布的黑色矮小男孩，從行李廂中跳了出來。將行李廂蓋好後，悄悄的接近入口的門。

幸好門還沒有上鎖，於是悄悄開門溜了進去。

真的沒問題嗎？一個小孩溜進壞人的住宅，一旦被發現，鐵定會慘遭修理。

但是，口袋小鬼早已習慣這一類的冒險。

像是躲到大皮箱內，趁機進入山中怪人的住宅等等，諸如此類，立下了許多功勞。

身材矮小，再加上全身漆黑打扮，聰明的他一定不會被發現的。

他以緊貼牆壁的姿態通過微暗的走廊，只要遇到門，便透過鑰匙孔偷窺，知道門內沒有人時，就趕緊溜進去調查。

陸續調查了幾個房間，口袋小鬼的腦海中已記住了二十面相巢穴的情況。

二十面相將手下全都叫到自己的房間內，說明今晚發生的事情。

口袋小鬼將整個耳朵貼在那間房間的門上，豎耳傾聽。

「如果和明智坐同一輛車，恐怕就無法逃走了。在那傢伙的監視之下，根本就沒有機會打開手銬。幸好刑警不知道我們是開手銬的專家，所以事情進行得很順利。」

聽到這樣的聲音傳來。

口袋小鬼了解了整個情況之後，回到玄關，走出大門。

就這樣的消失在黑暗的巷道中。

美術室

二十面相，根本不知道口袋小鬼偷偷溜進他的巢穴。

他將手下叫進自己的房間內，持續討論了一個小時。

「沒有人知道二十面相的住宅，門牌上寫著木下庄太郎，一位貿易公司的社長。附近鄰居都深信不疑，連警察也不曾懷疑。因為我們非常小心謹慎，所以不曾被懷疑過。哈哈哈……。」

二十面相得意的笑著。

在他的身邊圍著五名手下。

有假扮成松波博士的弟子、開車的那名男子。而剩下的三人當中，

包括先前開卡車的那名男子。除了五名手下之外，這個住宅內還有兩名佣人。

「來！我們舉杯慶祝吧！等一下我就要回房睡覺了。我喜歡待在美術室裡休息。」

二十面相說著，五名手下高舉手中的威士忌酒杯。

「祝首領健康！絕招真是太妙！太棒了！」

大伙異口同聲的說出祝賀的話，將威士忌一飲而盡後，便離開首領的房間。

留下來的二十面相，自行走到距離較遠的美術室，打開電燈開關。房間剎時燈火通明。事實上，這是一間非常華麗的房間，四面擺著玻璃陳列架，裡面放置了各種雕刻、寶石、金銀手飾，當然這些全都是偷來的。

在一個玻璃櫃的正中央，擺著一個銀盒，看起來似曾相識。

啊！這就是從古代研究所偷來的，那個放置埃及捲軸的銀盒，看來二十面相將寶物擺在這裡。

至於無法放入陳列架的大型雕刻則貼牆站立。其中包括青銅打造的裸體男子、木頭雕刻的裸體女子、古代佛像，以及銀色的古老西方鎧甲等名貴飾品。

房間的正中央也有一套好像是美術品的華麗桌椅。椅背非常高，上面還有精細的雕刻。

二十面相悠閒的坐在椅子上，看著周遭的美術品。

「哇呵呵呵……，收集的這些東西真棒！明智那傢伙每次都修理我，害我都必須將好不容易收集到的美術品物歸原主。所幸不到半年我又可以收集到這些東西。就算再怎麼抓我，我都是不死之身，我絕對不會放棄收集美術品的。哇呵呵呵……。我要和明智先生較勁，而且我一定會獲勝的。

小林這個小鬼也的確非常可怕，假扮成佣人，從我的房間偷走珍珠象，手腕確實很高明。不過，明智先生和小林都奈何不了我，因為我隨時都準備了絕招。」

二十面相很得意的自言自語著。

突然，沈默不語，並且豎耳傾聽。

似乎聽到了奇怪的聲音，感覺好像是竊笑聲。

而且聲音不是從外面傳來，似乎就在這房間內。

二十面相瞪大眼睛環顧整個房間，但房內空無一人。不過，真的聽到了聲音，而且聲音愈來愈大。

怪盜二十面相有點害怕，而且除了聲音之外，還發生了一件怪事。

名偵探的絕招

這個美術室朝向東南總共有三扇窗。南邊有兩扇，東邊有一扇。窗戶都已經上鎖，但感覺好像已被打開。

三扇窗都加了厚厚的窗簾，但是，現在厚重的窗簾竟然在搖晃。如果窗子是關上的，那麼，窗簾是不可能搖晃的。

竊笑聲，愈來愈大聲了。

聲音的確是在房間裡。

「誰?是誰在那裡?」

二十面相大叫著。

「哇哈哈……啊哈哈哈哈……」

已經不再是竊笑，而是開懷大笑了。不過還是沒有看到任何人。

「誰?是誰躲在那裡?」

二十面相再度大叫。

「哇哈哈哈……,二十面相,我在這裡,這就是我的絕招。」

立在旁邊角落的西方鎧甲開始晃動,並且朝他走了過來。

鎧甲的雙手舉起,脫掉銀色的頭盔。

「啊,明智小五郎!」

頭盔下露出了明智偵探的臉。

二十面相打算撲向鎧甲。啊!情況危急。身穿鎧甲的明智無法自由活動,如果兩人打鬥,明智一定會吃虧的。

「你瞧!你看看窗簾!」

明智大叫著。二十面相趕緊看向窗簾。

啊!有手槍。槍口從窗簾的縫隙伸入,正瞄準二十面相。

第一扇窗子、第二扇窗子、第三扇窗子,不管哪一扇窗子,各自都

有一支手槍對準二十面相。

「二十面相舉手投降吧！」

窗簾突然被拉開，每個窗外各站著一名穿著制服、拿著手槍的警察。

無計可施的二十面相，只好高舉雙手，並且開始倒退。

不斷的倒退，一直退到入口的門邊，然後突然轉身開門，想要逃走。

「啊！這裡也有！」

門外站著，正守株待兔等著他的警政署的中村警官。

「哇哈哈哈……，這一次你還想逃走嗎？你的五名手下和兩名佣人全都被捕了，你應該無計可施了吧！

喂！你們不用再為他上手銬了，改用繩子將這傢伙綁住，讓他動彈不得。」

在警官身後的兩名刑警拿著細長麻繩，從兩邊逼近二十面相，二話不說的立刻將他捆綁。

「現在護送車已經來到門口，這是一輛沒有窗子、戒備森嚴的護送車，應該是萬無一失！」

二十面相，還是無法逃出明智偵探的手掌心。

「嗯！我輸了！我不再做無謂的抵抗了，明智先生的手腕真是高明。不過，你怎麼知道我住在這裡呢？請說明一下！」

「好吧！我就告訴你這個魔法種子的秘密。口袋小鬼，到這兒來。」

聽到明智的叫喚，在黑暗中等待的小林少年牽著一身漆黑打扮的口袋小鬼，出現在二十面相的面前。

「啊！是你！口袋小鬼，又是這個小鬼搞的鬼嗎？」

「是的，口袋小鬼躲在你逃走時乘坐的汽車後行李箱內，他將這棟房子與美術室的事情全都告訴了我，於是我便躲在美術室內的鎧甲中惡作劇一下。哈哈哈哈……。」

二十面相完全投降了。他被五花大綁，面露訝異的表情，沈默不語。

巨人與怪盜的作戰，明智偵探終於獲得勝利。

二十面相被送上戒備森嚴的護送車，看來已經沒有逃走的機會了。

在半夜的街道上，護送車靜靜的開往警政署。

少年偵探

黃金虎

江戶川亂步

可疑的人造人

有一天傍晚，兩名穿著學生制服的少年，經過在千代田區只有大型住宅的寂靜巷道內。身材較高的是年約十四、五歲的少年，他是名偵探明智小五郎的少年助手，也就是少年偵探團的團長，著名的小林芳雄。

另一名少年則是少年偵探團的團員，也就是就讀小學六年級的野呂一平，他是個詼諧有趣的少年。

「最近沒發生什麼大事件，就連怪盜二十面相也銷聲匿跡了。唉！我空有一身的好武功，卻苦無用武之地。」

阿呂揉搓自己的手臂，心有不平的說著。

阿呂就是野呂一平的綽號。

「笨蛋！別人害怕的事情，你卻這麼喜歡。」

小林團長責罵他，阿呂則伸了伸舌頭，縮縮脖子。

就在這個時候，對面巷子內突然出現奇怪的東西，啊！原來是個機器人。那是一個用鐵打造、形狀奇怪的人造人。有著四方頭、四方腳，走路時還發出嘰哩嘰哩齒輪摩擦的聲音，就這樣的走到對面去了。

在出乎意料的地方遇到了人造人，兩人嚇得呆立在原地。

小林少年緊握阿呂的手臂，因為阿呂正打算拔腿就跑。

「你不是說英雄苦無用武之地嗎？難道你是在說謊？」

小林笑著詢問阿呂。

「嗯！那是走在銀座街上的活廣告。在銀座不是會有活廣告人散發廣告傳單嗎？是機器活廣告，不是鐵製成的，是用木頭打造的。」

「喔！是嗎？是木頭打造的機器人呀！」

「可是很奇怪耶！活廣告怎麼會出現在這個只有大型住宅區的巷道裡呢？而且還一直保持那個樣子，並沒有卸下自己的裝扮，這不是很奇

怪嗎？」

聽到小林這麼說，阿呂也附和的說道：

「所以，我也覺得很奇怪呀！我們跟蹤看看吧！」

兩名少年跟蹤可疑的人造人。少年偵探團的團長和團員非常擅長跟蹤，因此，兩人就好像小松鼠一樣，藉著可以躲藏的東西隱藏自己，一直跟蹤著人造人。

不久之後，來到一座有著古老磚牆、深鎖的大門安裝了藤蔓花紋圖案鐵門的大宅前。

人造人停在大門前，轉動四方頭，看看周圍便打開鐵門進入宅內。

「咦？愈來愈可疑了！那傢伙不可能住在這麼大的住宅裡。阿呂，跟著進去瞧瞧。」

門內種了許多樹，對面則是古老磚造、樓高二層的大型西式洋房入口。

人造人並沒有走進入口，而是繞過洋房側面走到後頭。

聽到嘰哩嘰哩齒輪摩擦的聲音，機器人以機械般的走路方式，一步步蹣跚的走著。

少女的哀號

西式洋房的側面有一個小倉庫，倉庫前擺了個梯子。人造人用笨拙的手，將梯子拖到洋房窗下，架在二樓的窗邊後，爬上梯子。

機器人爬梯子的模樣，看起來很可怕。

「咦？看來他打算從窗子爬進屋內，那傢伙可能是小偷。要不要通知警察？」

阿呂擔心的輕聲問道。

「等等！再觀察一下。」

小林團長制止他。這時，人造人終於爬到二樓窗外。

二樓窗子可能沒有上鎖，人造人輕鬆的推開玻璃窗後爬進了窗內。

「與其叫警察，還不如儘速通知這家人。倘若他們根本不知道有人闖入，那可就糟糕了。」

小林說著，和阿呂一起走向正面入口。

門鈴按了好久，都沒有人出來應門，兩人覺得很奇怪。試著用手推推門，結果門卻無聲無息的開了。原來這裡的門也沒有上鎖。

因為是窗子很小的老式建築，所以即使在白天，屋內也很昏暗。四周一片寂靜，就好像空屋一樣。

「有人在家嗎？」

雖然大聲叫喚，可是卻無人回答。有些不耐煩的阿呂，脫下鞋子踏上走廊。

「對不起！有人在家嗎？」

再叫一次，但仍是一片寂靜。

「真奇怪！難道是空屋嗎？」

這時，從洋房後面傳來了聲音。

「啊！救命呀！……」

聽到女子的哀號聲。

阿呂聽到之後，鞋子也沒穿就逃到入口外。阿呂根本不像偵探團的團員，看起來有點膽小。

小林少年趕緊追回阿呂，將他拉回門內。

被拉回的阿呂，瞪大了眼睛環視四周，擺好架勢的他，打算只要有怪物出現，就立刻逃走。

「剛才那是小女孩的叫聲，去看看吧！萬一她遇到了什麼悲慘的事情，我們一定要救她才行。」

小林緊拉著阿呂的手。

小林也脫掉鞋子踏了上來，拉著阿呂的手，沿著走廊迅速前進。

「啊！救命呀！……」

又聽到震耳欲聾的哀號聲。阿呂緊縮著身體，打算逃走，但小林卻瞪著他。

「你不也是少年偵探團的團員嗎？」

繞過走廊轉角，對面房間的門是開著的，從裡面傳出奇怪的聲音。

「到那個房間去瞧瞧。」

來到門口，往內一看，發現這個西式房間內有一名可愛的少女躺在桌下。

躺在那裡的，是個身穿粉紅色洋裝，年紀約十二、三歲的少女。

「怎麼回事？這是誰幹的？」

小林跑過去扶起少女，詢問她。少女害怕得無法說話，只是用手指著另一個房間。

少女指著「那裡！那裡！」往那一看，通往那個房間的門半開著。一定是人造人，那傢伙在推倒少女後，便躲進那個房間內了。

小林拉著阿呂的手，走進那個房間。不知為何，詭異的房間一片漆黑，好像夜晚一樣。

原來是房間內的百葉窗全都被拉上，所以一片漆黑。不過，在天花板以及牆壁接近地面處，都各有一盞燈，而且射出強光。

「啊！在那裡，在那裡，就是那傢伙！」

阿呂嚇得想要拔腿就跑，因為在房間裡的角落正站著那個人造人。

消失的機器人

兩盞燈照著這邊，所以對面看起來一片漆黑，奇怪的機器人就站在那裡瞪著兩人。

「小林團長，快走吧！我不想待在這裡。」

阿呂好像快哭出來似的說著。

但是，小林並沒有放開阿呂的手。

這時，發生了可怕的事情。機器人高舉右手揮了一下，手就這樣的不見了。

兩人嚇得目瞪口呆。接著，機器人又揮動了左手，左手也好像從身體被扯下來似的，同樣消失不見了。

失去了兩隻手的機器人，在燈泡的對面來回走著。接著，好像跳芭蕾舞一般的高舉右腳，然後腳也消失不見了。

只剩下一隻左腳了。單腳的機器人，就好像是以前書上畫的妖怪圖案一般。

事情太離奇了，兩名少年呆立在原地，感覺好像作夢一樣，只是呆呆的看著妖怪機器人。

機器人用單腳來回跳著，突然間，僅存的一隻腳也不見了。

失去手腳的機器人，只剩下頭和身體，但是，並沒有掉下來，而是飄盪在空中微微搖晃著。

「嘿嘿嘿嘿嘿……」

機器人的嘴巴張開成新月形，而且發出可怕的笑聲。

笑聲尚未停止，接著……。

機器人的身體，瞬間又消失了蹤影。

機器人只剩下四方頭在空中飄浮著。頭上新月形的嘴，一開一閉的笑著，並開始朝兩人逼近。

只剩機器人的頭，飄浮在那兒笑著。飄向兩人時，膽小的阿呂趕緊抱住小林。

「啊……救命呀！……」

發出哀號的聲音。

小林也覺得背脊一陣發涼。

但是，小林並沒有逃走，因為他不相信世界上有妖怪。機器人的頭之所以能夠飄浮在空中，一定在耍什麼把戲。

小林抱住害怕的阿呂，同時一直瞪著飄盪在空中的機器人的頭。

小林是名偵探明智小五郎的少年助手，在『透明怪人』（少年偵探第七集）和『宇宙怪人』（少年偵探第九集）的事件中，都曾遇到過類似的事情，所以並不會特別害怕。

在小林的注視下，只有頭的機器人突然朝對面飄去，啪的瞬間消失了蹤影。

鬥智

等了一會兒之後，什麼也沒出現，機器人就這樣不可思議的消失在

房間內。

「阿呂，機器人已經離開了。」

阿呂閉著眼睛，緊抓著小林，這時，也終於睜開了眼睛。

阿呂看看四周，接著好像又發現什麼似的，趕緊警告小林。

朝他的視線看去，小林嚇了一跳。原來嚇到阿呂的東西，是在對面燈泡暗處浮在空中的一個人頭。

但那不是機器人的頭，而是人的頭浮在空中。白頭髮、白鬍鬚的老爺爺的頭，臉上還戴著閃閃發亮的眼鏡。

老爺爺的頭在空中飄盪著，讓人害怕。但是，小林並沒有逃走，兩眼直瞪著這個頭看。

只有頭的老爺爺，在空中飄浮了一會兒之後，啪的在脖子下出現了身體。正當小林覺得很奇怪時，身體下又露出了右腿、左腿，還有兩邊的肩膀、右手、左手，陸陸續續的，手腳全都齊全。

老爺爺的身體全部都出現了。

瞬間變成一個完整的人。那是一位穿著灰色西服、留著白鬍子的老爺爺。

「哈哈哈！佩服！佩服！不愧是少年偵探團的團長。你可以留下來不逃走，真是太偉大了。不過，那個孩子似乎非常膽小，他也是你們的團員嗎？」

白鬍子老爺爺這麼說著，朝他們走了過來。

聽到他的聲音，阿呂的臉離開了小林的胸前，看著老爺爺。由於他之前一直閉著眼睛，不知道這名老爺爺是怎麼現身的，因此，嚇得手足無措。

「你到底是誰？」

小林看著老爺爺問道。

「我？我就是剛才那個機器人呀！」

老爺爺笑了起來。難道老爺爺之前是躲在機器人裡面嗎？如果真是這樣，那麼，這個老爺爺就是壞人了。

「喔！那麼欺負隔壁房間女孩的人就是你囉！」

小林瞪著老爺爺問道。

「哈哈哈……，她呀！她是我朋友的女兒。沒事了，御代子，到這兒來吧！」

說著，聽到「哦！」的聲音。剛才倒在隔壁房間、身穿粉紅色洋裝的少女，笑著走了進來。

「咦？那個女孩對我們說謊！」

阿呂感到很訝異的說著。

「是呀！我是在說謊，因為要騙你們到這個房間裡來嘛！」

「為什麼要騙我們到這裡來呢？」

小林逼問老爺爺。

「哈哈哈！你們不要生氣，請到這裡來。我們到更漂亮的房間去好好聊聊。」

老爺爺說著，先行前往走廊，兩名少年則跟隨在後。

老人帶著少年們和御代子進入非常氣派的一個西式房間。

佔滿整個房間的書架上，陳列著古老的書籍。房間的正中央有張大桌子，周圍擺著幾張柔軟的搖椅。

「來，坐下來吧！我要跟你們說些故事。

我假扮成機器人出現在你們的面前，就是猜想你們一定會跟蹤我，而且我故意從窗子爬進這棟住宅，你們一定會認為我是壞人。還有，你們在之前的房間遇到了一些怪事，那是為了要試探你們的膽子。但是，你們知道為什麼會發生那樣的事情嗎？」

老人開始說明黑魔術的手法。

「那個房間裡的燈泡有兩個，而且都是照向你們。後面的牆壁有黑

色的窗簾，窗簾從頭到腳都蓋著我的助手，你們當然沒有發現到他，他就是在那裡假扮成機器人。

我的助手拿了幾個黑布袋，蓋著機器人的手腳、身體及頭，看起來就好像蓋過的部分陸續消失一般。這就好比在黑暗的舞台上出現白色的骷髏而驚嚇觀眾的魔術一樣，只是黑色的人穿著緊身衣褲出現，衣服上畫著白色骷髏的圖案而已，兩者是同樣的手法。

接著，我再以同樣的手法出現，手腳和身體套著黑色的袋子，然後陸續脫掉袋子，最後就出現整個身體。這樣你們了解了嗎？」

老人笑了起來。

「還有更讓你們驚訝的事情呢！我從機器人變成老人，並不是這樣就算了，因為我是世界第一變裝專家。」

怪老人說著，用手扯下白髮和白鬍鬚。露出蓄著黑色頭髮、年約三十歲左右的一張年輕臉龐。

「哈哈哈……，怎麼樣？我變年輕了，但我可不保證這就是我真正的面貌喔！

也許下面還有另一張臉呢！但這不是重點。我引誘你們到這裡來，是因為我知道你們少年偵探團能發揮很大的作用。我想要舉行和少年偵探團鬥智的比賽，也就是以我為對手，雙方互相比賽。」

「比賽？什麼樣的比賽？」

小林驚訝的回問。

「我是魔法博士，也是魔術名人。除了這棟房子之外，我還有很多奇特的房子。有些是由大人駐守，有的則是由小孩駐守，御代子就是其中之一。想不想運用你們的智慧和勇氣向我挑戰呢？」

魔法博士說著，不知從何處拿來了一個黑色的盒子，從裡面取出金光閃閃的東西，擺在桌上。原來是後腿彎曲坐著，前腿直立，模樣朝著空中大吼，高約十公分左右的金色老虎擺設。

「這是純金打造的，眼睛鑲著鑽石。

這是我家的寶物，價值幾千萬圓，就以它做為鬥智的獎品吧！現在我將這個黃金虎交給你們，你們將它藏起來，由我找出它並將它偷走。然後再由你們來找我，將黃金虎拿走。時間以從黃金虎被拿走後的兩個月內為限，如果能再度被你們取回，就算你們獲勝。

只要你們獲勝，那麼，這個老虎寶物就歸你們所有，就好像頒發優勝錦旗一樣。但若在兩個月內沒有偷回去，就是你們輸了，老虎就歸我所有。知道嗎？」

對於魔法博士奇怪的要求，兩名少年不禁互相對看。阿呂說道：

「好，小林團長，既然是比賽的要求，我們就答應吧！讓他見識見識我們高明的手腕。」

消失的黃金虎

「嗯！佩服！佩服！原以為阿呂很膽小，沒想到你很勇敢。小林，身為團長的你，要不要接受這個挑戰呢？」

「我先和明智老師商量後再決定。」

「不！你不用擔心。這件事我和明智先生提過，他已經答應了。如果你們遇到困難，也可以借用明智先生的智慧。」

「是嗎？那麼，我就答應你的要求了。少年偵探團的團員有二十三人，但一定要等他們的父母答應這件事情，才能參加比賽。黃金虎就由我和阿呂先帶回去吧！」

兩名少年拿著黃金虎，回到明智偵探事務所，並且把這件事情告訴了明智老師。

「他叫做雲井良太，是個奇怪的有錢人，但不是壞人，你們就和他鬥智吧！」

得到明智老師的許可後，開始打電話通知團員。這一天聚集了十五名團員。

小林少年、阿呂及十五名少年，聚集在明智偵探事務所的客廳，商量藏匿黃金虎的地點。這時一名少年說道：

「就藏在井上家好了。井上的爸爸原本是拳擊選手，我們應該可以放心。如果藏在別人家裡，恐怕他們的父母會不答應呢！」

「嗯！井上的爸爸很喜歡冒險，這個提議倒是不錯！」

大家深表贊同，因此，井上便回家與父親商量。

「要和魔法博士鬥智？好！爸爸也來幫忙。」

井上的爸爸非常贊成。黃金虎的藏匿地點就這樣的決定了。

於是，小林團長和井上一郎少年便帶著黃金虎來到井上家，和井上的父親三人偷偷的商量著。

等到這天晚上，小林和井上兩名少年，帶著鋤頭悄悄的來到井上家的庭院。在樹木茂密的庭院角落，挖了一個六十公分深的洞，在裡面埋了東西之後，再仔細的將土蓋了回去。

小林和井上一郎少年，將黑色的東西埋在庭院的泥土中後，回到一郎位於二樓的書房做了一些事情。

不久，一郎將有著白毛的大型玩具狗挾在腋下，和小林少年一同下樓。那是一郎幼時的玩具。

既然要和魔法博士鬥智，他一定會派人在某處監視，因此，他們故意將黑色的盒子埋在庭院中，而黃金虎則藏在用布縫製的玩具白狗中。

從這天起，一郎的父親和姊姊，每天都會抱著這隻白狗，等到一郎放學回家時，便由一郎抱著這隻白狗。

到了第四天的星期日時，一郎接到一封奇怪的信。

下星期二下午四點，我會前往偷取寶物。我一定會取走寶物的，請你們小心一點吧！

魔法博士

上面寫著一些可怕的文字。

一郎將信交給父親過目。

「好！就由我來保護吧！我叫兩名以前的拳擊弟子來幫忙。如果魔法博士出現，我們一定會好好的修理他一頓！」

井上先生摸摸粗壯的手臂，笑著說道。一郎打電話通知小林團長這件事，小林的回答則是：

「沒問題！我已經有了好計策。」

終於到了星期二的下午三點。一郎從學校回家時，井上先生正抱著玩具白狗坐在客廳，而以往向井上先生學習拳擊的青年，則在門外和庭院站崗。井上先生將白狗交給一郎，稍微打開縫線往裡看，黃金虎的確還在裡面。

「沒問題！還沒有被偷走。從現在到四點之前，如果沒有任何意外發生，就算是一郎你獲勝了。我們一定要小心戒備，就算是魔術師，也要讓他無計可施。」

井上先生說完之後笑了起來。一郎則緊抱著白狗，環視四周。

在四點之前，並沒有發生什麼事。一郎也一直緊抱著白狗，並沒有離手。在這段時間，井上先生曾上過一次廁所，回來之後瞪大眼睛看著白狗。兩名拳擊好手則各自站在門外及庭院中，滴水不漏的監視著四周。

客廳架子上擺著的大座鐘，滴答滴答的走著，時間還差一分鐘就四點了。

「只剩下一分鐘了。」

「嗯！一分鐘之後，我們就獲勝了，已經沒問題了。」

說著，井上先生和一郎突然臉色蒼白，因為這一分鐘的時間實在是太難熬了。

鈴鈴鈴……，就在這個時候，電話鈴聲響起。井上先生拿起聽筒，聽筒的另一端傳來了可怕的嘶啞聲音。

「井上先生嗎？你是一郎的父親吧！我是魔法博士。還有三十秒就四點了，四點一到，我就會來取走寶物。還剩二十秒喔！哇哈哈哈……只剩下十秒囉！……」

座鐘突然津、津、津、津，美麗的聲音通知大家已經四點了。井上先生聽到之後，鬆了一口氣，對在電話另一端的魔法博士說道：

「已經四點了！你聽到了嗎？所以是一郎獲勝了。你並沒有遵守約定，黃金虎還在這裡呢！」

「哇哈哈哈……真有趣，你怎麼會認為我沒有遵守約定呢？哇哈哈哈……。」

聽筒的另一端傳來魔法博士的笑聲。

「有什麼好笑的呢？黃金虎還在這裡呀！言並沒有被你偷走呀！哈哈哈……。」

井上先生也不甘示弱的笑了起來。

「什麼？我沒有偷走黃金虎嗎？你是不是弄錯了？再檢查一下黃金虎吧！」

聽他這麼一說，的確令人擔心。井上先生從一郎的手中接過白狗，扯開縫線一看，不禁啊的叫了出來。黃金虎真的不見了。

兩個一郎

井上先生和一郎將白狗身上的縫線完全拆開，掏出裡面的東西，結果並沒有發現黃金虎。

「喂！你們有沒有發現可疑的傢伙。」

井上先生詢問在外面監視的兩名青年。青年們嚇了一跳，趕緊跑了過來。

兩名拳擊手並沒有離開過監視的地方，客廳的門窗也都是緊閉的，只因為魔法博士打電話來，他們才跑到這裡來的。

難道真的是使用神奇的魔法嗎？魔法博士能夠化為空氣，溜進客廳裡來嗎？

井上先生、一郎和兩名青年仔細的檢查客廳，但是，並沒有發現什麼可疑之處。別說沒什麼地道，就連躲藏的地方都沒有，當然，也沒有發現黃金虎。

一郎趕緊打電話給小林團長，但是，小林團長不知去哪兒了，並不在家中。小林少年到底在哪裡呢？

家中引起一陣大騷動。因為他並不是普通的盜賊，所以，不能將這件事通知警察，但是，大家都覺得太不可思議了。

六點時，大家都圍坐在客廳裡。一郎揹著學校的書包走了進來，說著奇怪的話：

「爸爸，白狗呢？」

井上先生嚇了一跳，看著一郎。

「你說什麼？白狗之前不是弄壞了嗎？」

「咦，弄壞了？那麼東西被偷走了嗎？」

愈來愈奇怪了，一郎到底是怎麼回事呢？

「你揹著學校的書包去哪兒了？」

「我從學校回來時，在途中被人強拉上車，嘴巴還被塞了東西，然後就被載到一棟奇怪的屋子。後來汽車又開到我們家附近，等我拿掉蒙住眼睛的布時，汽車已經不知去向了。」

聽到下午四點時有個和自己長得一模一樣的少年，抱著白狗坐在客

廳裡，一郎嚇了一跳。

「那傢伙假冒我，魔法博士把我關在奇怪的房子裡，讓跟我長得很像的孩子喬裝成我的模樣回到家裡。我想，那個孩子在假扮成我抱著白狗時，就已經偷走了黃金虎。爸爸，那個和我長得一模一樣的孩子，是否曾獨自一個人待在客廳裡呢？」

「有！那時我去上廁所，他獨自一個人待在客廳裡，可能就是那時候將黃金虎偷走的。」

井上先生，立刻想到這一點。心想，如果當時能夠搜一郎的身就好了，但現在已經後悔莫及。

鈴鈴鈴……電話鈴聲再度響起。井上先生拿起聽筒，是與之前同樣嘶啞的說話聲音。

「怎麼樣？魔法博士的手法不錯吧！你們一定沒想到會有和你的孩子長得如此相像的人出現……。」

魔法博士在電話裡繼續說道：

「我在我眾多的弟子中，找出與你的孩子長得很相似的孩子，稍微運用一下變裝術，就將他變成你們家孩子的模樣了。今天我還特地將一郎帶到家裡，讓那個孩子記住一郎說話的語氣和動作。

哈哈哈……，你知道我的魔力了嗎？接下來輪到少年偵探團搶回黃金虎了。請你將這件事情告訴一郎吧！」

說完之後掛上了電話。

話題再回到稍早之前的時候。當天下午三點時，井上家的周圍似乎瀰漫著詭譎的氣氛。

井上家的門前，有個骯髒的少年靠在圍牆前打盹，旁邊則有一個好像酒店店員般的小孩站在那裡。後門旁邊的電線桿後面，還有對面垃圾箱旁邊，都有送報紙的小孩或送牛奶的少年等。很多人隱身其中，他們全都是少年偵探團的團員喬裝改扮的。

鐘乳洞

八名少年經過喬裝改扮後，在井上家周圍監視著。而在距離一百公尺遠的巷道裡，停著一輛汽車。車子的後行李箱中，假扮成店員的團長小林少年正躲在裡面。

他是趁著駕駛不注意時偷偷溜進去的。

這輛汽車停放的附近有個公共電話，一名年約三十五、六歲的公司職員進入電話亭中打電話。

一名少年偷偷的躲在電話亭外，假裝成店員的樣子，長相酷似野呂一平，這一定是可愛的阿呂。

男子打完電話走出電話亭後，便坐上小林少年所躲藏的那輛車。

後行李箱的車蓋，大約打開了五公分的細縫，小林從裡面偷偷往外看。躲在電話亭後面的阿呂少年，對著行李箱不斷的比手畫腳，好像在通知小林有可疑的男子坐上汽車。

看到這個信號，行李箱蓋偷偷的闔上，但汽車還沒有出發，似乎還在等人。

不久，一個長相和一郎相同的少年快速的走出井上家。慌張的環顧四周後，走近等候多時的汽車。

打電話的男子打開車門，將與一郎有著相同面貌的孩子拉進了車內。

此時，行李箱的蓋子再度被悄悄的打開。小林偷偷的往外瞧，阿呂又從電話亭後面作手勢，通知又有一名少年坐上了車。

當汽車開走消失在巷道時，阿呂從電話亭後面跳了出來。喬裝改扮的少年們全都聚集過來，竊竊私語著。

「剛才一郎坐上汽車不知要去哪兒，其中大有問題！」

「嗯！那傢伙可能是假冒的一郎。」

打電話的男子，是魔法博士喬裝改扮的。後來上車的，則是假扮成一郎的魔法博士的弟子。那名少年的衣服內應該藏著黃金虎。

博士和少年偷走了寶物，打算將它藏在秘密的場所。汽車到底要開往何處呢？

小林很快的就察覺到這一點，因此躲在後車箱裡，再加上阿呂的手勢，因此事情就更加明朗了。就算是魔法博士，作夢也沒想到敵人的團長就躲在後車箱裡吧！

小林下定決心，不管車子開到哪裡，都要持續跟蹤，直到確定黃金虎的藏匿地點為止。

汽車奔馳了大約一個小時，依然沒有停下來。小林縮在狹窄的行李箱內，漸漸感覺腰酸背痛。看來似乎已經離開了東京市內。道路愈來愈顛簸，車子開始爬坡，一下往右，一下往左，甚至出現急轉彎，好像已經進入山中。

汽車每次急轉彎時，小林的身體就會在行李箱中滾動、擦撞。就在快要無法忍受的時候，車速終於漸緩，慢慢的停了下來。看看夜光錶，時間將近七點，外面已是黑暗的夜晚了。

汽車搖搖晃晃，似乎有人下車。小林悄悄的掀起行李箱蓋往外瞧。四周一片漆黑，夾雜著清爽樹葉氣息的風，緩緩的吹來，看來真的是在山中。

一旦被人發現，可就麻煩了。因此，小林謹慎的將蓋子掀開，觀察情況。

他悄悄的跳出行李箱，在黑暗中的地上小心爬行。繞到汽車的側面看向裡面，魔法博士、駕駛以及少年三人都已經不在了，一定是藏黃金虎去了。

因為是在深山中，所以，當車頭燈關上時，四周便陷入一片死寂漆黑當中。

三人不知是否還在附近，但環視黑暗的四周後，並沒有發現人煙。突然發現對面好像有紅色的火光，雖然覺得有些害怕，但小林還是鼓起勇氣往那兒走去。

原來是山中小屋，煤油燈的光亮透過紙窗照射出來。既然有光線，就表示有人住在這裡。小林站在小木屋前，敲了敲木門，說道：

「叔叔，請開一下門！」

這時，聽到咳嗽聲。「誰呀！」一位老爺爺打開了門。留了滿臉鬍子、年約六十歲的老爺爺，可能是在那兒燒炭的樵夫吧！

「我和朋友們分開，結果迷路了，這裡到底是什麼地方呢？」

「這裡呀！這裡是西多摩郡的深山。就在著名的鐘乳洞附近，白天有巴士會開過來喔！」

小林曾聽過那個鐘乳洞，經常有很多學生去那裡探險。在岩石山裡面有洞穴，其中又有很多岔路，就好像地底的迷宮一樣。

「喔！難道魔法博士將黃金虎藏在迷宮裡嗎？」

小林詢問老爺爺前往鐘乳洞的路之後，便在黑暗中摸索前進。爬了三百公尺的陡坡，終於在黑暗中看到了很大的黑色岩洞，就好像張開大嘴似的聳立在那兒。

原來是鐘乳洞的入口。小林偷偷的往裡面瞧，發現裡面好像有手電筒的光在晃動著。

「果真是如此。不過，就算魔法博士等人回去，我一個人進去，也可能會在裡面迷路而出不來。好吧！下個星期天準備好各種工具，再和團員們來一趟鐘乳洞探險之旅吧！集合眾人的力量，一定可以發現黃金虎的藏匿地點。」

小林打定了主意。

鐘乳洞的怪物

今天是星期天，是少年偵探團要到奧多摩鐘乳洞探險的日子。團長小林、阿呂、井上一郎，以及其他七名身材壯碩的團員，總計十人組成了探險隊。一大早就集合在新宿車站，經過輾轉換車之後，在十點左右來到鐘乳洞旁的山中小屋。

山中小屋的門是敞開的，探頭入內，看到那位老爺爺盤腿坐在沒有點燃材火的爐邊悠閒地抽煙。

「喔！你們要去鐘乳洞呀！可要小心點喔！沿途有很多岔路，一旦迷路，可就出不來囉！」

「沒問題的，我們已經準備好了。我們帶了非常堅固的三捲一百多公尺的繩子。只要將繩子綁在洞口，然後再沿著繩子往裡面走，就不用擔心會迷路了。」

此外，還準備了六支手電筒，登山用的登山杖三支，以及個人的便當、水壺、哨子（用來叫喚他人的東西）。

「爺爺，你是獵人嗎？」

小林看到掛在小屋牆壁上的獵槍，因此詢問老人。

「嗯！我是獵人。這座山上有熊，最近才逮到一隻大熊，有時候熊會在鐘乳洞附近出沒喔！」

老爺爺說著，笑了起來。

少年們驚訝的互相對看。

「哈哈哈……不用擔心！熊很少出來的，就算出來，也不會接近人走的通道。而且你們人多勢眾，熊一定會嚇得逃之夭夭……不過，還是要小心一點。與其怕熊，還不如擔心在洞裡面會迷路吧！」

接下來就是三百公尺距離的陡峻山路，走完那段山路才可以到達鐘

乳洞。那天晚上，小林因為擔心跟丟魔法博士，所以拼命往上爬，現在則因為聽說有熊出沒，心裡覺得有些害怕。

十名少年排成一列，走在被大樹覆蓋的微暗山路上，口中哼著少年偵探團的團歌，一直往上爬。

「哇！」

在爬山途中，突然聽到哀號聲。大家趕緊跑了過去，發現阿呂嚇得臉色蒼白。

「我、我看到漆黑的東西，在那個竹林裡……。」

說著，用手指著路旁的竹林。

「是不是熊寶寶呢？」

「嗯！可能是吧！突然撲向我，然後迅速躲進竹林中。」

聽他這麼說，跟在阿呂身後的井上，哈哈大笑了起來。

「你真膽小呀！那是兔子，是隻褐色的兔子越過馬路。」

「是兔子嗎？」

「阿呂一直害怕熊會出現，所以，才會誤以為是熊寶寶。阿呂，跟著我就沒問題了。如果熊出現，我會像金太郎一樣，扭住牠的手臂讓你瞧瞧。」

因為父親是拳擊選手，所以井上對於自己的臂力非常有自信。

終於接近鐘乳洞的入口。巨大的洞穴，張著黑色的大口，聳立在那兒。即使是勇敢的少年團員們，一想到要進入裡面，也不禁有些害怕。

「井上，你的力量最強大，請你抓著繩子，將繩子的另一端綁在岩石上……。」

「對！就綁在這裡。結要打緊喔！」

井上將繩子的一端纏繞在岩石突出的地方。

「出發吧！如果電池用光，那可就不妙了。手電筒只能用一半，就由你、你、你三人負責照路吧！」

十名少年由小林團長帶隊進入洞窟中。

三支手電筒的圓光圈，陸續照著堅硬的岩石，腳下也是凹凸不平的岩石，一不小心，就可能會摔跤。井上少年小心翼翼的扛著繩子，跟在後面。

走了一陣子彎彎曲曲的道路之後，看到岩洞天花板上有泛白的東西。

「啊！那是鐘乳石。你看！上面是白色鐘乳石……」

漂亮雪白的石頭，好像冰柱一樣，從頂上垂掛了下來。

「啊！下面也有！就好像肥點心一樣。」

從上面滴下來的石灰積存在地面，慢慢形成了石筍。在學校曾學過鐘乳石和石筍，不過這還是頭一次親眼目睹呢！

叭噠叭噠……不知從哪兒傳來了奇怪的聲音，大家心想「真奇怪！」而注意的傾聽。這時，洞窟中有一團黑色的東西突然跳了出來。

「哇！是怪物……」

像往常一樣，是阿呂先驚聲尖叫。阿呂雙手抱頭，當場蹲了下來。

「哇！是怪物……」

「哇！是怪物……」

從洞窟深處傳出同樣的聲音，聲音愈來愈小，感覺好像裡面有人模仿阿呂的聲音似的，大家都嚇得毛骨悚然，擠成一團。

這時，小林團長說道：

「不用害怕！那是回音，是阿呂的聲音被洞窟反彈回來。」

啊！繩子斷了

嚇到阿呂的怪物，啪達啪達跳到上方，不知躲到哪兒去了。

「那是蝙蝠，不是怪物。」

井上似乎覺得很好笑的說著。

「哈哈哈……，蝙蝠有什麼可怕的！阿呂的聲音聽起來似乎更可怕呢！」

眾人又繼續前進。岩洞變得愈來愈狹窄，最後走到了盡頭。

「唉呀！已經走到盡頭，沒路了！」

「不對！那邊有好像岩石裂縫的小洞，從那兒爬進去吧！」

「這是我哥哥告訴我的，他以前曾來過這裡。」

少年水野，指著岩石的裂縫說著。

小林團長帶頭爬進了小洞，其他人也陸續跟上。

「哇！有東西掉到我的脖子上。啊！是蛇！快點抓……」

驚聲尖叫的還是阿呂，跟在後面的少年趕緊摸摸阿呂的脖子。

「什麼嘛！是水！是上面的水滴下來。阿呂，你真是太膽小了！」

「是嗎？可是我覺得冰冰涼涼的，好難受！」

阿呂在黑暗中伸了伸舌頭。

趴在地上爬行了約七、八公尺，突然洞穴又變寬了，於是大夥兒起身走路。進入寬廣的洞穴後，用三支手電筒照著周圍。

「啊！是岔路，有兩條岔路，該走哪一條路呢？」

「就走比較寬的路吧！」

小林團長決定前進的道路。

沿著比較寬的洞穴再往前進時，聽到咕嚕咕嚕的奇怪聲音。大家都停下腳步，輕聲說道：「怎麼回事？」「那是什麼？」

「啊！我知道了！那是地底的河川。你看，這裡有大的岩石裂縫，而水就在下方流動，所以那是水的聲音。」

寬約一公尺半的大岩石裂縫橫陳在洞窟內，用手電筒往那兒一照，卻因太深而什麼也看不到。不過，可以確定的是底部有水流動，所以才會聲到咕嚕咕嚕的聲音，而且還吹著涼風。

大家看著深不見底的洞穴。這時，好像大鳥的東西從岩石下方飛了

上來，在手電筒光芒的照耀下，看起來黑漆漆的，隨即消失於黑暗的洞穴中。接著，洞穴底部又飄起了灰色的巨大東西。

「不用害怕，那是蝙蝠。」

許多蝙蝠棲息在岩石裂縫中，因為受到手電筒光的驚嚇，所以才飛出洞穴。

「不用理會它，繼續往前走吧！」

小林團長下達命令。

「但是，沒辦法跳過這個岩石裂縫，深不見底耶！」

「不必跳過去呀！你看！那裡不是有橋嗎？」

果真有一片長長的木板橫陳在岩石裂縫上。少年們一個個的走過木板往前進。不久之後又遇到了岔路，小林團長決定朝右側的洞穴前進。

十名少年藉著手電筒的光照著周圍，二十隻瞪大的眼睛想要找出黃金虎的藏匿地點，但是至今仍未有所斬獲。

又遇到了岔路，小林團長再次決定往右走。這真是可怕的迷宮！如果沒有當成路標的繩子，恐怕無法回到原先的入口處。

就在這時，聽到後面有人發出「啊！」的叫聲。大家嚇了一跳，將手電筒朝那兒照了過去。結果發現井上一郎倒在地上。

「不要緊吧！有沒有受傷？」

「嗯！不要緊！只是被岩石絆倒了。」

真令人佩服！就算跌倒了，井上還是緊緊的抓著繩子。

繼續往前進時，又聽到身後傳來聲音。

「啊！糟了！」

又是井上的聲音。

「怎麼回事？你又跌倒了？」

「不！糟糕了！」

「什麼事情呀！」

「在跌倒時弄斷了當成路標的繩子。」

「咦?你是指你拿的繩子嗎?」

「嗯!在拉繩子時，發現手並沒有拉扯的感覺，繩子可能已經斷掉了。你看，已經變那麼短了。」

繩子果真斷掉了。大家驚訝的連忙聚集在井上的身邊。

「這麼說來，我們已經沒有路標可循了。」

「我們回不去了。」

阿呂開始啜泣。不光是阿呂，大家也都擔心不已。

飛撲過來的老虎

「是我不對!我不該跌倒，你們大家揍我好了。」

自認為力大無比的井上，這時也開始啜泣了。

小林團長用手電筒檢查繩子的斷裂處，嚇了一跳，抬頭大叫著。

「不是。不是因為你跌倒繩子才斷掉的。你看，這個斷掉的地方，是有人用刀子或剪刀弄斷的，而並不是被岩石割斷的。」

原來繩子真的是被利刃給割斷的。

「是誰?到底是誰在惡作劇?」

眾人感到很害怕。

「啊!我知道了。是魔法博士!」

「魔法博士不知悄悄的躲在哪裡，他大概是不想讓我們順利離開這個洞窟吧!」

大家愈來愈害怕，個個都沈默不語，看來是死路一條了。

「啊!有救了。大家不用擔心，我們可以離開這裡。」

小林團長用開朗的聲音說著。

「我們每次遇到岔路，不都是往右走嗎?那麼往回走時，只要沿著左手邊的岩石前進，不就可以回到原處了嗎，你們說對不對?」

仔細想想，的確如此，應該沒問題。

「萬歲!團長實在是太厲害了!」

阿呂高興的說著。阿呂是第一個啜泣的人，但也是很快就能夠恢復活力的人。

大家似乎都有一種重新活過來的感覺。於是，左手摸索著左邊的岩石，開始後退。

平安無事的通過幾條岔路之後，來到之前那條很深的岩石裂縫處。

「啊!就是這裡，很多蝙蝠從這裡飛上來，我們又回到原路上了。」

大家都很高興。但正當手電筒的光照著岩石裂縫時，一名少年叫道：

「啊，慘了!橋不見了。」

之前大家走過的木板橋竟然不見了!這是寬達一公尺半的裂縫，沒

有橋，根本就無法通過。

「看來我們猜對了！魔法博士就躲在這附近，甚至將木板拿走，他真的不想讓我們離開這裡了。」

啊！看來真的是無計可施了，就連小林團長也想不出好的計策來。就算將三支登山杖綁在一起當成橋來使用，也沒有足夠的支撐力。

如果不能離開洞窟，那麼，少年們就要葬身於此了。想到此處，身體就不禁因恐懼而顫抖著。

看到團員們個個驚恐的樣子，小林團長認為這時一定要鼓舞大家的士氣才行。

「現在已經是中午了，肚子飢餓時總是腦袋空空的。我們還是先在這個空地享用便當吧！我們一定會想出好法子來的。」

少年們回到廣大的空地，將手電筒集中在中間，圍坐在一起。每個人都取出自己背包裡的便當，一邊喝著水壺裡的水，一邊吃著便當。

因為不知下一步該怎麼辦，因此，大家都擔心得吃不下飯。

但是，又害怕別人會認為自己是膽小鬼，所以，也只好假裝津津有味的吃著飯。

就在這時，遠處傳來可怕的聲響。

「吼——吼——」

「咦?那不是人的聲音，也不是流水的聲音。」

「而且是在裡面，我去瞧瞧!」

吃完便當的井上一郎，站了起來，帶著手電筒往洞窟深處走去。

他回到岔路的地方豎耳傾聽，這時左側的洞穴又傳來可怕的聲音。

「吼——吼——」

井上用手電筒照著黑暗深處。在一片漆黑當中，看到閃耀金色光芒的小東西。

「啊!是黃金虎!」

的確看到老虎形狀的金色東西，但奇怪是，那隻老虎竟然會動。

接著，慢慢的朝這兒接近。用黃金打造的老虎是不會動的，這到底是怎麼一回事呢？

老虎的身影愈來愈大，原以為是十公分的小老虎，但等到愈來愈接近時，才發現牠不斷的變大。二十公分、三十公分、五十公分……。

原來是活生生的一隻大老虎。

但卻是一隻奇怪的大老虎，全身的毛像是用金線縫製而成，閃耀著金色的光芒。兩隻大眼睛好比閃爍的鑽石，張大的血盆大口露出了可怕的虎牙。

「嗯嗯……吼！」

「哇！是老虎！活生生的老虎！」

即使是勇敢的井上，也打不過真正的老虎。他大叫著，拔腿就跑，聲音傳遍整個洞窟。

「老虎呀！……老虎呀！……老虎呀！……」

可怕的回聲不停的傳來。

待在空地的少年們，嚇得全都站了起來。

「井上！怎麼回事？這座山裡怎麼會有老虎呢？」

小林團長好像責罵他似的說道。

「是真的！是妖怪虎，金色的老虎。你看那裡……」

少年們趕緊打開手電筒，照著井上所指的洞穴。

仔細一看，在六道圓光圈中出現了一隻可怕的老虎。

是隻大老虎！全身金色的大老虎張著血盆大口，露出白色的虎牙，

從距離十公尺遠的地方，慢慢的朝這走來。

眼看只剩下七公尺、五公尺了！

「嗯嗯……吼！嗯嗯……吼！」

好像鑽石般閃耀著光芒的眼睛正瞪著這邊，而張著的血盆大口似乎

就要撲過來咬住他們了。

少年們「哇！」的大叫，拔腿就跑。但是，若朝入口處往回跑，那裡卻是既深又寬的岩石裂縫，以及可怕的山谷。

前有深谷，後有金色妖怪虎，看來真的是完了！是要被老虎吃掉，還是掉落深谷摔死？不管怎樣，都沒希望獲救了。

「哇！救命呀！」

聽到可怕的叫聲，原來是井上被抓住了。

井上跑在最後面，結果老虎撲向他，用前腳抓住了他。

井上仰躺在地上不斷的掙扎著，老虎張開那血盆大口，眼看就快要咬到他了。

看到這個情況，少年們嚇得心臟都快要迸出來了！

怪老人

在好像鑽石般的老虎眼睛的瞪視之下，少年們全都呆立在原處，無法動彈。

老虎張開血盆大口，正打算咬井上，嘴巴距離井上的身體只有十公分，眼看著井上就要被咬了。啊！危險，危險。

「哇哈哈哈哇……」

就在這個時候，不知從何處傳來可怕的笑聲，不斷的在洞窟中形成回音，聽起來好像有很多人在笑似的。

到底是誰在笑呢？當然不可能是少年們在笑，那笑聲是比較粗的大人聲音。

壓住井上的金色虎，突然用後腳站了起來。

少年們心想，如果這時老虎朝這裡飛撲過來，那麼，根本就沒有活命的機會。

「哇哈哈哈哈……」

又聽到可怕的笑聲。就在聲音消失的同時，發生了怪事。

金色虎用後腳站立，前腳則伸向自己的頭，將頭摘了下來。老虎頭脫離了身體，懸在空中，突然露出一張老爺爺的臉。

留著長長的鬍子，臉上有些髒污。原來老爺爺躲在老虎裡面。

「啊！是之前山中小屋裡的老爺爺。」

一名少年低聲的叫著。

「哇哈哈哈哈……，你們嚇壞了吧！日本的山裡怎麼會有老虎呢？是我假扮成老虎嚇你們的。」

真的是山中小屋裡的那位獵人老爺爺。老爺爺怎麼會有這麼一張漂亮的虎皮呢？而且為什麼要假扮成金色的虎呢？

「嘿嘿嘿嘿……，接著就要發生令你們更驚訝的事喔！」

老爺爺不懷好意的笑著。

山中小屋的老爺爺將披在身上的虎皮全都脫掉，在少年們還未回過神時，又發生了不可思議的事。

老爺爺轉身過去，不知做了些什麼，當他再次回頭時，竟然換成了另一張可怕的臉。

「啊！是魔法博士！」

少年偵探團中有人低聲叫著。

是那張有如西洋惡魔般的魔法博士的臉。

「哇哈哈哈……，怎麼樣？你們嚇了一跳吧！我假扮成山中小屋的老爺爺，後來又尾隨在你們的身後。割掉繩子、拿掉木板橋，都是我幹的好事喔！接著，我就披上這張金色的虎皮，從另一條路繞過來等你們了！」

聽他這麼說，小林少年向前走了幾步，問道：

「那麼，前幾天晚上我躲在行李箱內跟蹤的事情，你也知道囉！」

魔法博士嗤笑著說：

「我當然知道你在跟蹤！我一開始就打算把你們叫到這裡來，我想試試你們的膽量，因此，就算你們在鐘乳洞裡找得再久，也找不到黃金虎，我已經將它藏在其他地方了。

不過，你們還沒有輸。正如我們之前的約定，只要在兩個月內找到黃金虎，就算你們贏，你們還有很多時間呢！

看來愈來愈困難囉！因為現在你們已經沒有任何線索了。不過別擔心！為了獎勵你們這一趟冒險，我提供給你們一些線索。

你們想黃金虎會藏在什麼地方呢？當然不會藏在這個洞窟裡。哈哈哈……，就在你們的眼前，現在就讓你們瞧瞧吧！」

魔法博士走到對面的洞穴裡，抬出長木板並架在岩石裂縫上，因此每個人都能夠順利的通過裂縫。

老虎的行蹤

這次由魔法博士先行帶路，就算沒有路標也沒有關係，少年們終於離開了鐘乳洞。

「我告訴你們藏黃金虎的地方，請往這兒走！」

魔法博士說著，走向山中小屋。

在接近山中小屋時，先行的阿呂嚇了一跳，停下腳步。

「唉呀！有奇怪的傢伙在偷看。」

山中小屋的後面有張臉正朝這兒偷窺，但聽到阿呂的叫聲後，嚇了一跳，趕緊縮了回去。那張滿臉鬍子、骯髒的臉，看起來就像是山中的男子。

「哈哈哈……，他也是你們認識的人。喂！沒關係了，出來吧！」

聽到魔法博士的叫喚，從小屋後出現一名男子。他穿著西裝，披著灰色的外套，看起來就像是一位氣派的紳士。可是，就只有臉像是山中的男子，外表看起來髒兮兮的，讓人覺得有些可怕。他到底是誰呢？

「哈哈哈……難道你們還不知道嗎？他就是山中小屋真正的老爺爺。我假扮成這個老爺爺，換了他的衣服，而老爺爺則穿了我的衣服。」

聽到魔法博士的說明，大夥兒才恍然大悟。仔細一看，魔法博士的確穿著和他那張潔淨的臉完全不搭的骯髒衣服。

「黃金虎到底藏在哪裡？」

井上少年上前詢問。

「嗯！這個嘛！記不記得之前你們來時，我假扮成老爺爺坐在哪裡抽煙？就在你們的眼前呀！現在就在你們的眼前喔！」

魔法博士笑了起來。

少年們聽他這麼說，一頭鑽進了山中小屋，拚命的搜尋著狹窄的房子，但卻什麼也沒發現。

「哈哈哈哈……，找架子或抽屜都沒有用的，你看，它就在你們的眼前，想想我是坐在什麼地方吸煙呀！不就是蹲在爐子前面嗎？爐子裡面現在沒有火，只有灰呀！

再仔細查看，在那堆灰裡面，有沒有看到金光閃閃的東西呀！」

魔法博士用手指著爐子的一角，果真在灰中看到圖釘頭般大的東西正閃耀著金色光芒。

「你看！這就是黃金虎尾巴的前端，黃金虎就在你們的面前，要記住這一點喔！在藏東西時，一定要故意藏在對方意想不到的地方，甚至故意放在對方面前，這才是最好的方法。」

博士從灰中取出金光閃閃的黃金虎，擺在手掌上凝視著。

「來，我再一次把它交給你們，希望你們這一次能夠做得更好。不

過，即使你們絞盡腦汁，我藉著魔力還是能夠立刻把它偷走，然後再由你們將它找出來。之前約定兩個月，時間還很長呢！只要你們能夠在這段時間內找出來，就算你們獲勝。」

下午四點

傍晚，小林團長和九名少年偵探團團員回到明智偵探事務所，將今天發生的事情詳細的對明智偵探報告。明智偵探說道：

「嗯！你們做得很好！不過，魔法博士也很厲害。這一次又輪到你們上場了，一定要絞盡腦汁想出好辦法喔！」

於是，先暫時把黃金虎交給明智老師，少年們各自回家，等到吃完晚飯後，再回到偵探事務所召開秘密會議。

之前以電話通知聚集的十五名少年中，沒有去鐘乳洞的五名團員，

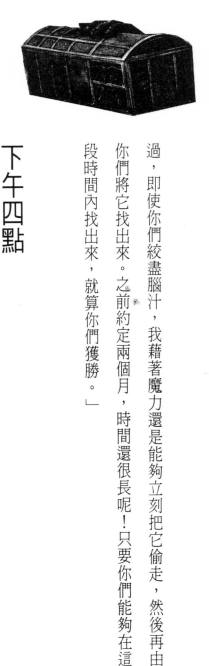

也都圍坐在客廳的大桌前商量著。

這是非常謹慎的秘密會議，因此從這十五名少年當中，各派人把守事務所的正門、後門，以及客廳的門前，窗外的庭院，總共有六名團員負責看守，剩下的九名團員則留在客廳秘密商議。

如此的周密，就算是魔法博士也無法溜進來。少年們想到什麼好主意了嗎？

九名少年商量了很久，終於決定藏匿黃金虎的地點。也就是從九人當中挑選出今井和坂口家作為藏匿處。今井家是陶瓷店，坂口家則是金庫店。今井家店裡的架子上擺著許多陶瓷動物玩具。

少年們用顏料將黃金虎塗成陶瓷虎，擺在一堆動物玩具中。魔法博士不是說過「放在面前才是最好的方法」嗎？這就是少年們最後的決定，相信沒有人會發現如此重要的寶物，竟然會隨意的放在店裡。

於是，他們從今井家店裡的動物玩具中，挑選出最像黃金虎的陶瓷

虎，小心翼翼的包好，放在小盒子內，藏在坂口家店裡的金庫中。

坂口家的店裡有很多金庫，而地下室則有個最大的金庫，於是便將假的黃金虎藏在裡面。

在今井家店中真正的黃金虎並沒有派人看守，只是隨意擺著，反倒是坂口家店中的地下室，每次都由兩名少年偵探團的團員負責輪流監視著。到了晚上，坂口便與少年店員坐在地下室金庫前的長椅上休息，假裝非常重視假的黃金虎。

當然，這是欺敵的政策。看似非常重要而嚴密看守，就是為了讓魔法博士認為黃金虎就藏在其中。

這個計策的確很成功。因為假老虎藏在金庫中的第二天，坂口家便接到奇怪的電話。

少年店員說：「是學校老師打來的。」請坂口聽電話。坂口接過聽筒，卻聽到可怕的嘶啞聲。

「看來你們的確是嚴密防守，哇哈哈哈！我要去偷老虎囉！明天下午四點，我一定會偷出來讓你們瞧瞧。你們一定要小心喔！」

坂口少年立刻用電話，將這件事情報告給小林團長知道。第二天下午，之前曾到鐘乳洞探險的其中八名少年，聚集在坂口家的地下室，負責看守金庫。

不過，小林團長和陶瓷店的今井兩人卻不知去向，並沒有出現。這當然是有原因的。

八名少年包括坂口、力量強大的井上，以及可愛的阿呂等人。

在地下室擺著坂口家店裡最大的金庫，裡面則放了裝有假黃金虎的盒子。少年們坐在椅子上，毫不鬆懈的一直盯著金庫。

到了下午四點前，坂口家的店經理擔心的來到地下室，對坂口說：

「少爺，真的沒問題嗎？已經快四點了。」

「沒問題的！但是可不能因此而鬆懈喔！之前魔法博士的弟子就

曾假扮成井上偷走黃金虎呢！」

井上接著又說：

「當時黃金虎藏在玩具狗裡，由我們家的人輪流抱著，結果竟然被假扮成我的人偷走。但這次是在金庫裡，如果不知道密碼，就無法打開金庫大門，所以這次一定沒問題。」

經理似乎還是不能夠安心。

「在四點之前，我也一起在這裡看守吧！」

說著，就坐在金庫前的椅子上。經理並不知道藏在金庫內的是陶瓷虎，這是只有少年偵探團的團員才知道的秘密。

大家都默默的看著周圍，因為不知道善於使用魔術的博士，會從哪個方向進來。

地下室聚集了許多少年，但卻像空屋一樣的安靜。每個人都緊張的心跳加快，不知何時會有可疑的傢伙闖入。但是，並沒有發生任何事情。

經理看看手錶，說道：

「還有五分鐘就四點。……還有兩分鐘……還有一分鐘……啊！正好四點了！」

意外的陷阱

「啊！四點了！」

坂口和井上看著自己的手錶叫了起來。約定的四點到了，但是，並沒有發生什麼怪事。

「魔法博士終究還是沒有來。」

當井上這麼說時，經理笑了起來。

「魔法博士真的沒有來嗎？」

「真的沒有人來呀！」

坂口看著滿臉笑容的經理，生氣的說著。

「他來了。」

經理說出奇怪的話。

「咦？來了？在哪裡？」

「就在這裡呀！」

聽到他這麼說，少年們嚇了一跳，全都看著經理。

經理自顧自的呵呵笑著，但臉上表情卻和以往不同，突然令人覺得有點可怕。

「你……你到底是誰？」

坂口有點害怕的問道。

「哈哈哈……，你忘記魔法博士是變裝專家嗎？」

感覺經理的臉，似乎一下子就變成了另外一個人。

「啊！那麼你就是……。」

「是的，我就是魔法博士。怎麼樣？你們嚇了一跳吧！」

聽他這麼說，八名少年全都擋在金庫前，這樣魔法博士就無法打開金庫了。

「哇哈哈哈……，現在才想保護金庫，已經太遲了。我已經使用魔法，將黃金虎偷走。如果你們認為我是在說謊，那麼，可以打開金庫調查看看。」

「可是我們並沒有打開金庫門，我們一直待在這裡看守，門也沒有被打開，裡面的東西怎麼可能被偷呢？」

「哈哈哈……，這就是魔法呀！總之，你們先打開金庫瞧瞧吧！」

看來不檢查是不行的。於是坂口轉動密碼文字盤。

坂口少年用力打開厚重的金庫門，從裡面取出小盒子。仔細一看，用綿花包著的陶瓷虎還在盒子裡面。

「不是還在盒子裡面嗎？」

「哇哈哈哈……，那是黃金虎嗎？讓我看看！」

經理說完之後，從坂口手中搶過小盒子，取出假的黃金虎，啪的扔在地下。

聽到啪嚓的聲音，陶瓷虎破裂了。

「哇哈哈哈……，這也算是黃金虎嗎？根本就是假的。」

經理格格大笑了起來。

「是呀！是假的，真的黃金虎被我們藏在別的地方。哈哈哈……，魔法博士，你什麼都不知道。」

坂口少年得意的說著。

經理說道：

「哇呵呵呵，其實我是魔法博士的弟子，真的魔法博士已經去偷黃金虎了。如果你認為我說謊，那麼，不妨打電話去問陶瓷店的今井，看看那裡發生了什麼事。」

啊！魔法博士似乎什麼都看穿了。他為了讓少年們鬆懈，所以讓弟子假扮成坂口家店裡的經理，演出這場戲。

「昨天魔法博士打電話來，就是為了讓你們以為他會來這裡的金庫偷黃金虎。你們果真都將注意力集中在這裡，而魔法博士便趁機跑到今井家的店裡偷走黃金虎了。哈哈哈哈……，就算你們絞盡腦汁，也沒有辦法打敗博士。」

假扮成經理的博士弟子格格笑著，悠哉的爬上樓梯，走出了地下室。

八名少年，因為太過於驚訝而呆立在原地。終於坂口回過神來，跑到一樓打電話到今井家的店裡。結果證實黃金虎真的被偷走了。

追蹤

故事回溯到當天下午四點前。一輛看似車內無人的汽車，停放在今

井家店的對面。

裡面躲著小林團長、今井和就讀大學的今井哥哥。

這是因為擔心魔法博士可能會知道黃金虎藏在今井家的店裡，而前來偷走黃金虎。

今井的哥哥很會開車，為了幫助少年偵探團，於是從朋友的車店中借來了汽車，躲在駕駛座下伺機而動。

至於小林和今井兩人，則躲在後座。大家都縮著身體，高度比車窗還低，看來就像是一輛車內無人的空車。

小林團長從車店借了用來安裝在卡車上的圓形照後鏡，將它伸到車窗附近，從下面往上看。這個照後鏡是凸面鏡，可以比普通的鏡子看到更寬廣的景象，因此，小林便將鏡子調整到可以看到對面陶瓷店內藏著黃金虎的架子。

「咦？一個奇怪的老爺爺走了過來。你看！真是可疑的傢伙！」

鏡子移到老爺爺的方向。老爺爺戴著大眼鏡，白鬍子垂到胸前，身穿褐色的大衣，頭戴黑色的土耳其帽（圓筒型的帽子）。他拄著柺杖，一拐一拐的走進陶瓷店。

店裡有很多顧客，老爺爺夾雜在人群中慢慢的接近藏著黃金虎的架子，然後停在架子前。他看了看四周，突然將手伸向架子。

「啊！糟糕了！老虎……」

今井大叫著。

可疑的老爺爺很快的就抓住黃金虎並塞進懷中，店員及旁邊的客人都沒有察覺到。老爺爺悄悄的走出店外，朝對面的電車道路走去。

「趕緊跟蹤那個老爺爺。」

小林對駕駛座的人說著。

走到距離陶瓷店二十公尺遠的地方時，原本走路一拐一拐的老爺爺突然加快腳步，就好像青年一樣開始大跨步的前進。

小林等人的汽車，遠遠的跟在後面，以免讓對方發現。

「咦？有輛奇怪的汽車，也許他會坐上那輛車。」

在電車道路的角落，停著一輛藍色的大汽車。老爺爺快步走到汽車旁，打開車門，坐上後座，汽車飛快的開離現場。

「哥哥，全速前進，不要跟丟那輛汽車喔！」

今井對著駕駛座上的哥哥叫著。

「好！放心吧！讓你們瞧瞧哥哥的高明技術。」

就好像電影裡的追蹤情節一樣。

藍色和黑色的汽車，距離二、三十公尺遠，以驚人的速度奔馳在大街小巷。

藍色汽車不斷轉向荒涼的道路，大約三分鐘之後，來到大河邊。

白色遊艇

這是荒川區隅田川的上游。

藍色汽車在長橋前放慢速度，沿著河往右彎，隨即立刻掉頭回來過橋。

「咦？看不到那名老爺爺？怎麼回事？」

今井發現這一點而大叫著。

藍色汽車上只有駕駛，後座空無一人。

「可能是先前在橋頭放慢速度時趁機跳下車，我們趕緊找找吧！」

小林拜託今井的哥哥停車。三人下了車，沿著河邊往右走去，但並沒有發現老爺爺的身影。

附近只有大工廠的圍牆，並沒有半個人影。在河邊，則有一間為了

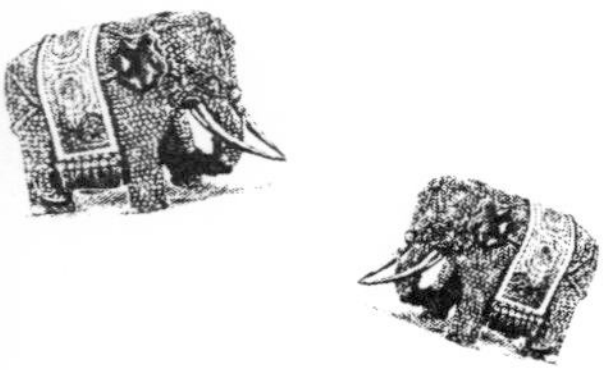

進行水泥工程而搭建的臨時辦公室。

小林好像想到什麼似的，推開辦公室的門往裡瞧，但裡面只有一名三十五、六歲的工人正坐在椅子上抽煙。

這間臨時搭建的小屋，不論是面對隅田川的方向，還是面對河岸道路的方向，都裝有玻璃窗。在裡面抽煙的工人正看著道路的那一邊，所以如果老爺爺之前曾從那裡走過，他應該會發現才對。

「叔叔，請問你剛才有沒有看到一位戴著土耳其帽的老爺爺，經過這裡呢？」

當小林詢問這名工人時，對方回頭看他一眼，說道：

「喔！是老爺爺沒錯，可是他跑得很快，往那裡去了！」

「謝謝！」

小林關上辦公室的門之後，和等在那兒的今井兄弟一起走開了。

走到距離辦公室稍遠處……，小林突然停下腳步，在今井耳邊竊竊私語著，今井則點頭說道：

「嗯！我知道了，我一定會好好做的。」

就這樣，今井和哥哥一起朝著岸邊跑去。這麼做，當然是為了尋找白鬍子老爺爺，但不知為何小林卻單獨留在原處。

留下來的小林，沿著河邊迅速回到原先的臨時辦公室，並躲在小屋後面，偷偷的往窗戶裡面看。

看了一會兒之後，終於笑了笑而往橋頭跑去，一頭鑽進停在那裡的汽車內。

三分鐘後，車門被悄悄的打開，一位奇怪的小孩從裡面走了出來。他穿著破爛的毛衣和褲子，長長的頭髮和滿臉的污垢，髒兮兮的好像一整年都沒有洗過澡似的。

少年將雙手插在褲袋裡，搖搖晃晃的走向臨時辦公室。

來到小屋旁，靠著小屋的牆蹲了下來，看著隅田川發呆。

不久，有艘白色遊艇（在港口和大船接駁的小型船）從河的下游開了過來，停在臨時辦公室後方的岸邊。少年躲在小屋的陰暗處，看著這一切。

突然，臨時辦公室小屋的後門被打開，之前抽煙的男子拿著黑色的包袱走了出來。他看了看四周，走進停在那兒的遊艇。

躲在小屋陰暗處看著這一切的少年，好像想起什麼似的，從口袋裡拿出了紙筆。

在紙上寫了一些文字後，摺成四摺，將它擺在河邊的石頭上，然後再拿顆小石頭壓在紙上，以免紙被風給吹走了。然後以爬行的姿勢接近遊艇，瞬間跳上甲板，躲在遊艇的陰暗處。

各位，你知道這名少年是誰嗎？

白色遊艇的船艙內，兩名船員很有禮貌的迎接剛才上船的那名看似工人的男子。

「先生，事情進行得順利嗎？」

當船員詢問時，男子哇哈哈的大笑起來，打開手上的黑色包袱，取出假髮、假鬍子、土耳其帽及褐色大衣。

「小林團長真厲害！竟然用汽車跟蹤我。不過，我也有我的絕招。我在車子裡面變裝成工人，鑽進臨時辦公室裡。當小林打開門時，我嚇了一跳，但是，他並沒有識破我的喬裝打扮，我騙他說老爺爺往別處跑走了。哈哈哈……」

這名男子就是魔法博士。他先假扮成老爺爺偷走了黃金虎，然後又在車上趕緊變裝成工人，鑽進臨時辦公室內，坐在裡頭抽煙。

博士一開始就打算在這裡上船，因此，命令手下將船開到這裡來。

「先生，黃金虎沒問題吧！」

當手下詢問時，博士笑道：

「就在這裡。」

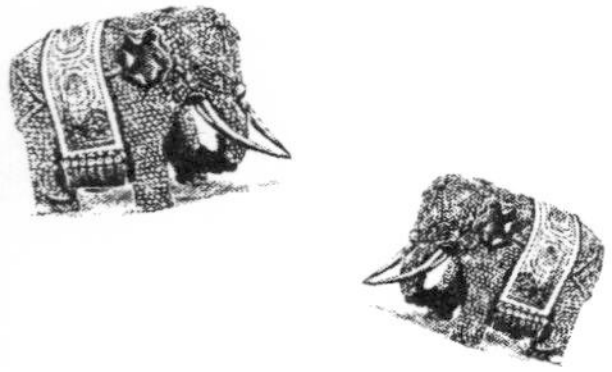

說著，從口袋裡掏出塗成陶瓷虎的黃金虎，擦掉了塗抹在上面的顏料後，露出閃耀的金色光芒。

「趕緊到島上去，開快點！」

到底是哪個島呢？

從海底到天空

話題再回到今井兄弟。雖然努力在岸邊搜尋，但是，並沒有找到白鬍子老爺爺，因此，又回到做為臨時辦公室的小屋旁。此時，博士的遊艇已經開走了，但之前小林團長曾對今井說：

「待會兒你回來看看辦公室旁的大石頭。」

因為小林團長這麼交代……，所以兄弟倆開始檢查石頭，立刻發現被壓在石頭上的紙條。

紙上除了詳細描述剛才那艘遊艇的形狀和顏色之外，又寫著：

「趕緊到兩國橋邊，一間名叫港屋的租船店。那裡的老闆認識明智老師，請他借你們一艘小汽艇。但記得要借速度最快的汽艇，這樣才好跟蹤遊艇。」

今井看著隅田川的下游，似乎看到遠處有白色的遊艇，但是，已經變得非常小了。

「就是那個！那就是魔法博士的遊艇。」

「好！現在是遊艇和汽車的競賽。」

今井的哥哥大叫著，兩人跑回橋頭，跳上汽車，加速離開。

今井的汽車，追趕著位於下游兩百公尺遠的白色遊艇，飛快的在岸邊奔馳，但是，後來卻因為河邊有很多住家而沒路，因此，必須繞道而行。遊艇是直線前進，汽車則必須繞過大街小巷，所以，當然遠遠落後一段大距離。車子終於來到兩國橋的港屋，這時白色遊艇則依然在兩百

公尺的遠處。

今井打電話給明智老師，請他拜託老闆租借速度最快的汽艇，並由港屋店裡技術最好的年輕駕駛來開汽艇。

今井等人坐上了汽艇。

「可以看到對面那個小小的白色遊艇。」

「不曾看過這艘遊艇，速度非常快。不過，這艘海鷗號可是隅田川第一快速艇，立刻就能追上他們了。」

海鷗號出發了，乘風破浪加速前進，漸漸縮短和遊艇之間的距離。

在白色遊艇中，魔法博士換去工人的裝扮，再穿上合身的襯衫及長褲，臉上留著翹鬍子，就好像西方的惡魔一樣。

「先生，一艘奇怪的汽艇正以非常快的速度接近我們，好像是來追趕我們似的。」

一名船員將望眼鏡交給魔法博士，魔法博士用望眼鏡觀察。

「嗯！上面有一個小孩和兩個青年。對了！那個小孩應該就是陶瓷店的孩子，名叫今井，正打算來追我呢！

不過很奇怪！並沒有看到小林！……喂！難道不能再開快點嗎？再這樣下去會被對方追上的。」

沙—沙—乘風破浪如箭一般急駛而去的兩艘快艇，令其他船上的人都覺得很訝異。

「先生，不行了！已經無法再加快速度了。汽艇不斷逼近，再三分鐘就要追上我們了。」

「不用擔心！我還有絕招呢！待會兒你們就知道了！看到島之後，船開到距離五十公尺遠的地方往左轉，然後你們就逃到海面上。」

魔法博士重複說了兩次後，便打開船艙的門，進入旁邊放行李的黑暗小房間，打開裡面的大箱子。

博士從箱子裡取出奇怪的東西，穿在黑色的衣服上。

原來是從頭到腳非常緊的輕便潛水衣，臉部前方是一個大玻璃，手腳末端都套著大水蹼，背上則揹著兩個氧氣筒。

細長的管子從氧氣筒連接到臉的內側，再塞在嘴巴上，這樣就可以在水裡呼吸了。

穿著輕便潛水衣的魔法博士，打開門看看身後，汽艇和遊艇的距離又縮短了三十公尺，而前面可以看到品川的砲台。

之前魔法博士已經吩咐過，在經過砲台時就要往左轉，也就是再度開到海面上。駕駛按照他的吩咐，將遊艇開到距離砲台五十公尺遠的地方，然後突然掉頭朝著海面前進。

「好，就是現在！」

當遊艇掉頭時，博士看不到後面的汽艇，同樣的，汽艇上的人也看不到博士。正在等待這個機會的博士，趕緊跑出門外，跳入海中。

因為穿著潛水衣，所以身體不會打濕，而且有氧氣筒可以輕鬆的呼吸，以及讓他能夠自由游泳的大水蹼。

博士從海底游到砲台，但是，如果這時博士有回頭看，就可以看到好像大鯊魚一般的怪物正在後面追趕著他。

只是博士並沒有回頭看。

不！不是鯊魚，而是同樣也穿著潛水衣、體積看起來比博士更小的人。他到底是誰呢？

博士沿著海底，慢慢的接近砲台的岸邊，沿著石頭，爬上岸後躲在草叢裡，抬頭看著黃昏的海面。

「哇哈哈哈……，不知道我逃走的汽艇還在追趕著遊艇呢！看來速度又更快了些，趕快逃吧！」

博士好像覺得很有趣的自言自語著。

他沿著草叢，走向對面的大型建築物，那似乎是在戰爭時期所建造的軍營。傾倒的牆壁與歪斜的柱子，破爛不堪，就好像鬼屋一樣。

博士就在這片漆黑的建築物中脫掉了潛水衣。

「哈哈哈哈……，事實上這是很棒的運動呢！先是汽車，接著是遊艇，然後再鑽入海底，最後則要到空中去。哈哈哈哈……，就算是少年偵探團，也沒有聰明到可以跟蹤到我。我首先像魚一樣的游著，然後再爬到陸地，最後化成鳥飛到天空。」

博士說著一些莫名其妙的話。

「先抽根煙吧！」

說著，取出香煙慢慢抽著。魔法博士悠哉的抽完煙後，起身走出建築物，來到砲台正中央的廣場。

有一架直升機停在建築物的後面。一身黑色勁裝打扮的魔法博士，正趕往直升機停機坪。

博士坐上直升機駕駛座，除了他之外，沒有其他的乘客。駕駛座後

頭擺著用卡其色帆布包著的大包裹，裡面可能是機械吧！

博士握著操縱桿，直升機巨大的螺旋槳開始轉動了。

直升機緩緩的升上黃昏時刻的天空。俯瞰地面，從港區到銀座，五光十色的霓虹燈非常美麗。

直升機通過一片光海，沿著世田谷區飛去，最後，停在某個大型住宅的大草坪上。

危險的跟蹤

魔法博士，還是穿著黑色的衣服。他走下直升機，繞過二層樓的洋房，走進玄關內。

這裡應該也是博士的巢穴之一。一名穿著黑色衣服的年輕男子來到大廳迎接。

「您回來了呀！一切順利嗎？」

男子是博士的手下之一。

「嗯！孩子們也不錯，不停的追趕我。我按照預定計劃，在隅田川搭遊艇到東京灣，再從砲台搭直升機回來。孩子們用汽艇追趕遊艇，但是我早已穿著潛水衣到達砲台，他們並沒有發現到我，哈哈哈……。然後一切就安全啦！只要換上一些交通工具，再繞一點路，就算是跟蹤的專家，也沒有辦法跟蹤我。」

博士一邊說著，一邊走上樓梯，進入二樓的大書房裡。關上門後，從口袋中掏出黃金虎。

「你看！這就是我奪回的黃金虎，讓我想一想要將它藏在哪裡。」

這時，庭院的直升機內發生奇怪的事情。駕駛座後面的帆布包晃動著，一個全身髒兮兮的孩子從裡面探出頭來。這個孩子溜下直升機，穿過庭院走向洋房。

從洋房的內側往上，可以看到窗子，兩層樓的大房間裡點了燈，博士應該就在那裡。

少年看著四周，想了一會兒，發現在二樓窗外有一棵大樹，於是趕緊沿著樹幹往上爬。

他是很會爬樹的孩子，當他像個猴子似的爬到二樓的窗邊時，悄悄的撥開茂密的葉子，偷窺窗內的情景。

這個房間好像是書房，四面牆壁全是書架，架上擺了好幾千本的精裝書。魔法博士就在這裡和年輕男子聊天。

在書房裡，博士從書架上抽出一本厚厚的書，對年輕男子說道：

「怎麼樣？我的想法不錯吧！這本書是日本大百科事典中，由五十音分類，描述『卜』的單元，正好與老虎的日文發音相同，就將黃金虎藏在這本書中吧！」

那是一本厚達十公分的大書。

博士打開書，用刀子將書的內頁割成如黃金虎般的形狀，再拿起擺在桌上的黃金虎塞入割開的洞內，最後將書闔上。從外表根本看不出曾被動過手腳，的確是很好的藏匿方式。

博士將藏著黃金虎的字典放回架上。因為全是同樣的封面，擺在一起後根本無法分辨，如果不知道是藏在大百科事典的「卜」的單元中，根本就找不出來。

這時，庭院中傳來了狗叫聲。

少年一直躲在樹上，看著二樓書房發生的事情。當他正打算爬下樹時，突然聽到大樹下「汪汪汪……」的狗叫聲。

一隻大狗正抬頭看著自己。少年抓著樹幹，想要趕緊逃走。這時，在樹下等待的猛犬卻發出可怕的吼叫聲，撲向了少年。

少年左右閃躲，想要逃走，卻還是被猛犬緊緊咬住臀部的褲子。不過，少年還是甩開狗逃走了。

但是，事情並沒有就此結束。

緊接著，聽到腳步聲傳來。原來，房內的人聽到狗叫聲之後，隨即跑了出來。而且不只一個人，從腳步聲可以猜出大約有兩、三人。

「艾斯，咬得好！……喂！你到底是誰？」

三名強壯的男子，已經擋住了少年的去路。

戒備森嚴的牢籠

少年被三名男子抓到在洋房客廳等待的魔法博士面前，博士瞪著少年說道：

「哇哈哈哈……，偽裝得真好！你是小林吧！」

立刻就被識破了。

「是呀！我失敗了。要不是那隻狗……」

小林少年覺得很遺憾似的咬著嘴唇。

「但是，你是怎麼找到這個房子的？」

「我一直跟著叔叔你呀！看到你溜進遊艇，穿上潛水衣，我也跟著穿上箱子裡的另一套潛水衣，跳入海中……。當叔叔在砲台悠哉的抽煙時，我發現直升機，所以便先行一步躲在帆布包裡，也就是躲在駕駛座的後面。」

聽他這麼一說，魔法博士嚇了一跳。

「嗯！不愧是小林！之前我一直都不知道你在跟蹤我呢！不過，你還是被我抓到了。你輸了！但是看你這麼辛苦，如果就此決定勝敗，那也未免太可憐了。我還想要再試試你的能力。」

「怎麼試？」

「待會兒你就知道了。請到這兒來。」

博士拉著小林的手走出房間。在走廊上轉了幾個彎後，來到最裡面

的房間，打開房門。

「這裡是牢房，我家中的牢房打造得很好，曾經關過幾個大人，但是戒備非常森嚴，都沒有人能夠逃走。你在這個牢房待五天，如果五天內能夠偷走黃金虎，就算你贏，但若辦不到，你就輸了。怎麼樣？你應該無法解開這個難題吧！」

博士說著笑了起來。

的確是個難題，不論牆壁或地板，這個牢房都是由磚塊打造的，非常堅固。

就連天花板也塗上灰泥，只有牆壁最高處有一個小窗，但是，窗外也加裝了鐵窗。

入口採用比一般門更厚的門板，根本無法打破。

「要不要試試看呢？」

「好！我接受挑戰。只要五天內偷走黃金虎就可以了嗎？」

「是的，但是，被關在這個牢房裡，怎麼可能偷走黃金虎呢?就算你再聰明，應該也很難辦到吧！不過你可以試試看。」

博士說完，就離開了。

當然，他關上了門，也上了鎖。

天花板的角落吊著一盞小燈泡，因此，四周並不是一片漆黑。牆的一邊擺著一張小床，小林在博士離去後，便倒頭大睡，的確是個大膽的少年。

一覺醒來，已經是早上了。小林從床上爬起，跳上唯一的高窗，抓著鐵窗看著外面。

窗外是高高的水泥牆，就算想要通知牆外的人，或是想從窗內運東西過去，也無法越過水泥牆。

到了中午，聽到水泥牆外有很多小孩的聲音，看來外面的廣場應該是孩子們遊戲的場所吧！但是，就算從這裡呼喊，他們也聽不到，更何

況這麼做，立刻就會被博士發現。

總之，根本就沒有辦法逃離這個牢房。

博士的手下從門下的小窗送進三餐，同時向博士回報小林的情況。

到了第三天晚上，手下來到博士的面前報告：

「那個孩子和老鼠在玩。老鼠從牢房破裂的地板下鑽了進來。他餵老鼠吃麵包，老鼠似乎也和他很熟，甚至爬到孩子的膝蓋上呢！」

「喔！他大概是覺得很無聊，看樣子他並不打算逃離牢房。」

博士很安心的說著。

一天、兩天，時間慢慢的過去。在牢房中的小林無所事事，只好每天和老鼠玩樂。

五天終於過了，到了第六天早上。

魔法博士吃完早餐後，趕緊來到牢房。

「喂！小林，約定的五天已經過了，對不起！你輸了。」

這時，坐在床上的小林抬起頭來說道：

「咦？我輸了嗎？沒這回事。我贏了！」

智慧的勝利

「咦！你說什麼？」

「我贏了！我已經偷走了黃金虎。」

「喂！喂！不要胡說八道。你不曾離開這個牢房，在牢房裡怎麼可能偷走黃金虎呢？」

「魔法叔叔，你可以去放黃金虎的地方看看，黃金虎是不是還在那裡呢？」

小林很有自信的說著。魔法博士有些擔心，趕緊跑到二樓書房，抽出百科事典加以檢查。

「啊！」書內的洞中空無一物。

博士又跑回牢房，瞪視著小林。

「小林！你真是個不可思議的孩子！你是怎麼偷走的？」

小林一本正經的回答：

「是請老鼠幫忙呀！」

「咦，老鼠？」

就算是博士，也驚訝的說不出話來。

小林笑著說明：

「因為這個牢房的地板，磚塊破裂了，所以，老鼠便從裂縫中鑽了進來。我把手伸進洞內摸摸看，發現在地面下還留有已經不使用的下水道陶管。老鼠就是從陶管的裂縫溜出來的。

白天，我將耳朵貼在洞邊傾聽，結果聽到圍牆外孩子們的聲音。我想，地面下老舊的陶管應該是通到圍牆外的空地。

於是我一有空就和老鼠玩，餵老鼠吃麵包。到了第三天，老鼠和我更熟了，甚至爬上我的膝蓋，舔我的手。我為什麼要這麼做呢？因為我要利用老鼠和圍牆外通訊。我拆下自己的毛線衣，取出長線綁在老鼠的腳上，再將牠趕到洞裡去。」

小林用鉛筆在隨身攜帶的筆記本上寫信，將信摺好之後，在信紙外面寫著「撿到這個東西的人，請立刻送給麴町六番町十二番地的木村正雄，木村就會送給你很多的獎金」。然後再將信綁在毛線的盡頭，纏在老鼠的腳上，讓老鼠沿著陶管將信送到圍牆外。

但是，老鼠還沒有跑到廣場，綁在腳上的毛線就已經鬆掉，而信也就掉了。失敗兩次之後，第三次終於成功。在廣場上遊玩的孩子將它送給了木村。

木村是少年偵探團中最聰明的孩子。他立刻趕到圍牆外。

給木村的紙條上寫著「請在圍牆外找毛線的一端，發現之後，將它

綁在很長的繩子上，拉三下」。木村按照小林的吩咐去做。當牢房中的小林收到這個訊號，也拉著毛線，終於兩人利用拉堅固繩子的兩端開始通訊。

少年偵探團的團員，個個都知道如何使用電信的莫爾斯電碼（美國的薩梅爾．莫爾斯想出來的通訊符號。藉著長短兩種組合表現文字）。牢房內的小林和圍牆外的木村，就利用這個繩子互相通訊。

木村按照小林的指示，溜進了博士的洋房，從書房的百科事典中偷出了黃金虎。

小林說完之後，魔法博士拍膝佩服的說：

「太厲害了！你真是太聰明了！我輸了，黃金虎就送給少年偵探團團員。不過，為了謹慎起見，我還是親自打個電話給明智偵探吧！少年偵探團獲勝了！恭喜你們！」

幾個小時之後，面帶笑容的明智偵探和十幾名少年偵探團的團員，在明智偵探事務所前等候著。換回學生服的小林少年和木村少年手牽著手回來了。

「少年偵探團萬歲！小林團長萬歲！」

少年們全都高舉雙手，大聲喊著萬歲！

解說

小林少年是新聞少年

新保博久
（偵探小說評論家）

如果從「少年偵探」系列第二十四集的『二十面相的詛咒』開始往下看，可能會覺得本系列小說即將結束而感到有些惋惜。

在此，我為各位解說一件就算看完全部系列也都不甚明瞭的事情，那就是小林芳雄在成為明智偵探的弟子之前，到底是過著怎樣的生活。小林少年在一九三六年「少年偵探」系列開始的六年前，曾在『吸血鬼』的作品中露臉，那是適合大人閱讀的長篇小說，共計五篇。他在那些小說中也非常活躍。不過，在那一套書中也並未提及他的經歷。

自「週刊少年Magazine」在一九五九年三月創刊時，曾經製作過比一般週刊大兩倍且表裡二頁的新聞，當成附錄附帶在創刊號中。在一號特集中，有半頁的篇幅都是以「你也能成為名偵探」為題，介紹小林少年的事情。

在『黃金虎』中，少年偵探團前往探險的奧多摩鐘乳洞（日原鐘乳洞提供）

「小林少年十五歲，出生於日本東京，家中是新聞報紙的販賣店。他在小學時，從報紙得知明智偵探活躍的事跡，於是便向父母提出希望成為偵探的要求。小林的父親拜託明智先生，於是小林如願的成為名偵探。」

這是推理作家都筑道夫，所寫的一段話，在此之前，聽說他曾採訪過江戶川亂步。小林在成為偵探助手之前，到底在做什麼呢？亂步先生說：「嗯！這真是個有趣的問題，不過倒也困擾了我。我從來沒

想過這個問題耶！」後來他輕聲的說：「我想想看好了。」至於答案，都筑說：「我完全不記得了。」但是應該有以下的經過吧！

「小林少年是如何知道明智小五郎的存在呢？」

「看報紙知道的。」

在成為明智偵探的弟子之前，是在戰前時期，當時還沒有電視。

「小學生看得懂宣傳明智偵探功勞的犯罪報導嗎？」

如果是報紙販賣店的兒子，應該可以辦到，因為他比一般孩子更熱心於看報。我想，應該是兩人之間有過這樣的談話，才決定寫出這樣的報導吧！

大家在看「少年偵探」系列的書籍時，最初會認為書中的計謀非常神奇，而且故事充滿趣味性，所以會一直看下去。

其實，在反覆看了兩、三次之後，應該可以產生一種即使書上沒有描述，也能自行想像的快樂吧！甚至在看完整本書之後，還會發現一些新的趣味！因此，我希望各位能夠反覆的閱讀。

『二十面相的詛咒』，最初是以「我是二十面相」為題，在一九六〇年的一年內，連載於學習誌「小學六年級學生」中。原來的標題並不是現在的「少年偵探」系列，那次是第一次在雜誌中登場，但那時最初的電視作品「怪盜二十面相」已經在電視中播出過，二十面相的名字早已家喻戶曉。

為了符合題名，本篇決定改用二十面相的名稱。雖然讀者總是對於二十面相新的喬裝身份拭目以待，但還是需要回到原點思考一下才行。因此，書中借用了迪克森・卡的短篇小說『新透明人』的內容，希望能儘快將這些包含計謀的趣味性傳達給少年讀者們知道。

同樣的，在『黃金虎』的最後，也應用了賈克・福克雷爾所寫的『十三號個人牢房的問題』。與其說是模仿，還不如說是巧妙的將其運用在「少年偵探」系列中。讀者可以和原來的作品比較一下。

本書最初以「少年偵探」為題，連載於一九五五年九月到十二月的「獨賣新聞」中。然而對手並不是二十面相，也不是壞人，而是喜歡惡作劇的魔法博士。

二十面相在『地底魔術王』中就已經自稱是魔法博士，不過，這裡的魔法博士則是不同的人，是為了便於在較短的作品中使用而出現的新角色。但是後來只有在從一九五七年開始於「快樂的三年級學生」中連載的『魔法屋』、『紅色獨角仙』中登場過而已。我認為，在本質上，魔法博士與二十面相是相同的人物，不知道各位讀者有何看法？

4 大金塊 特價230元

秘密文件的另一半被盜走了！
那是說明宮瀨礦造爺爺留下的龐大遺產「大金塊」藏匿地點的秘文，
為了取回被奪走的一半秘密文件，而進入竊賊地下指揮部的少年小林，
他所看到的意外事實真相到底是什麼？
名偵探明智解開了謎樣的文章，趕赴島上，取回大金塊。

5 青銅魔人 特價230元

在月光的照耀下，赫然出現一張嘴巴裂開如新月型的金屬臉，怪物體內發出齒輪轉動聲。
在半夜偷走鐘錶店裡的懷錶的竊賊，難道就是這個用青銅做成的機械人？
少年小林新組成「青少年機動隊」，為了名偵探明智小五郎，奮鬥不懈。
是否真的能夠掌握青銅魔人的真面目呢？

6 地底魔術王 特價230元

在天野勇一所居住的城市裡，搬來了一個奇怪的叔叔。
他在少年們的面前，展現神乎其技的魔術，是一位魔法博士。
他說：「在我所住的洋房裡有『奇異國』。」
有一天，勇一和少年小林造訪洋房。但是就在博士展開魔術表演的舞台上，勇一消失在觀衆的面前。

7 透明怪人 特價230元

一名紳士走進城鎮盡頭的磚瓦建築物中。
就在尾隨於其身後的兩名少年的眼前，
這個神秘男子脫掉大衣、襯衫，結果一裡面什麼也沒有。
肉眼看不到的透明怪人出現了，珠寶店和銀行大為震驚。
化裝成人體服裝模特兒的透明怪人出現在百貨公司，引起一陣騷動。

8 怪人四十面相 特價230元

幾度從監獄中脫逃的怪盜二十面相，這次改名為「四十面相」，
宣佈要逃獄。
為了查明真相，來到拘留所的明智小五郎，與二十面相見面之後，
為什麼匆忙趕到世界劇場的後台去了呢……
劇場正上演著「透明怪人」事件的戲碼。

9 宇宙怪人 特價230元

衆人啊的大叫一聲，屏住呼吸，因為在東京市的大都會銀座上空出現了五個 「在天空飛行的飛碟」。
彷彿來自遙遠星球的世界，擁有蝙蝠翅膀如大蜥蜴般的宇宙怪人降臨。
被在深山登陸的飛碟抓住的木村青年，訴說可怕的體驗，使得全日本，
不，應該說是全世界都陷入大混亂中。

10 恐怖的鐵塔王國　特價230元

「我有東西要給你看哦！」
小林少年被轉角處的老人叫住，看到偷窺箱裡竟然有從森林的圓形鐵塔爬下來的巨大獨角仙……。都市裡出現抓小孩的怪物獨角仙。
獨角仙大王所統治的恐怖鐵塔王國，到底在日本的哪個地方呢？

11 灰色巨人　特價230元

從百貨公司的寶石展覽會中竊取珍珠的美術品，
然後抓住廣告汽球朝天空逃逸。但是逮到犯人之後，一看……。
綽號「灰色巨人」的怪人，這次盜走了「彩虹皇冠」。
尾隨怪盜而來的少年偵探團，來到一個馬戲團的大帳棚中。
奇妙的竊賊難道躲到裡面去了嗎？

12 海底魔術師　特價230元

身上覆蓋著鐵製的鱗片，好像鱷魚一般的尾巴……
在黑暗的海底，有著好像黑色人魚的兩個綠色眼睛的怪物。
爬在地上的怪物想要奪走小鐵盒。
交到明智偵探手中的小鐵盒，隱藏著載有金塊的沉船秘密！

13 黃金豹　特價230元

屋頂出現了金色的影子，
在月光的照射下，劃破了深夜的黑暗，
全身閃耀著黃金般光芒的豹出現在街上。
襲擊銀座的寶石商、吞掉寶石的豹，突然轉身逃走，像煙一般消失了。
夢幻怪獸到底是什麼東西？

14 魔法博士　特價230元

少年偵探團中有兩名好搭檔，他們是井上和阿呂。
看到「活動電影院」之後，一直跟隨活動電影院的兩人，
漸漸進入無人的森林中。
擋在面前的，竟然是可怕的黑影……。
等待著兩人的，是黃金怪人「魔法博士」意想不到的策略。

15 馬戲怪人　特價230元

熱鬧的「豪華馬戲團」公演時，突然出現了可怕的慘叫聲。
觀衆全都回頭看。
在貴賓席黑暗的角落看到白色骷髏的影子！
攻擊馬戲團團長笠原先生一家人的骷髏男的模樣奇怪。
沒有人知道的大秘密，經由明智偵探及少年偵探團的推理而解開謎團。

16 魔人銅鑼　特價230元

「噹……噹……噹……」空中傳來宛如教會鐘聲般的聲響，不禁抬頭一看。
結果，發現整個空中出現一張惡魔的臉。
巨大的惡魔正露出尖牙笑著。難道這是神奇事件的前兆……。
惡魔的神奇預言出現了。明智偵探的新少女助手小植即將遭遇危險。

17 魔法人偶　特價230元

「我很喜歡留身哦！和我玩吧！」
和神奇的腹語術小男孩人偶相處得很好的留身，跟隨著小男孩和白鬍子老爺爺到人偶屋去。
迎接他們的是美麗的姊姊，這位穿著長袖和服、名叫紅子的人偶，看起來就好像活生生的真人一樣這是假扮成腹語術師的老爺爺的魔術。

18 奇面城的秘密　特價230元

又是四十面相下的挑戰書。他這一次想要得到的是倫勃朗的油畫。
名偵探明智小五郎自信滿滿的等待對手的出現。
怪人四十面相將如何穿過層層的警衛溜進對手的家中呢？
到了預告日的夜晚，空無一人的美術室中傳出『啪—啪—』的聲響。
大石膏竟然會動，啊！裂開了！

19 夜光人　特價230元

七名少年一起前往一片漆黑的森林。
今天晚上，少年偵探團將舉行「試膽會」。
走在最前方的井上來到森林深處時，突然發現了奇怪的東西。——是鬼火嗎？不！一團白色、圓形的東西，卻有兩顆好像燃燒著火焰的紅色眼睛……。閃耀銀色光輝、好像妖怪般的頭，竟然張開大嘴攻擊團員們！

20 塔上的魔術師　特價230元

在荒涼的原野上，有一棟古老、磚造的鐘屋。
聳立的鐘塔屋頂上有影子在移動……。
少女偵探小植和另外兩名少女一直看著這個奇怪的景象。
三位少女看到的，是一位披著黑色披風、蓬鬆的頭上長著兩隻角的蝙蝠人。

21 鐵人Q　特價230元

老科學家終於完成偉大的發明。
他特別讓北見少年去看看這個具有聰明頭腦的機器人，一個和人類一模一樣的「鐵人Q」。
沒想到鐵人竟然突然不聽使喚，意外的逃出實驗室。
Q逃入巷道之後，開始展現奇怪的行動。被擄走的小女孩到底在哪裡？

22 假面恐怖王 特價230元

有馬家的洋房傳出有戴著鐵假面具的男子偷偷潛入。
名偵探明智小五郎在接到通知後火速趕到，但卻遭人從背後攻擊。
當他醒來後，發現自己在一個沒有窗戶的奇怪小房間内…。
明智偵探真的被壞蛋抓走了嗎？
在想要脫逃的名偵探和「恐怖王」之間，一場鬥智即將展開。

23 電人M 特價230元

在東京塔的塔頂上，纏繞著一個軟趴趴的禿頭妖怪，
好像戴著鐵環、沒有臉的機器人。
怪人「電人M」在全國各地留下謎團。
「到月世界旅行吧」到底意味什麼？
電人M竟然打電話給小林少年……！

24 二十面相的詛咒 特價230元

在古代研究室的一個房間裡，發生了離奇事件。
緊閉的研究室内，一名研究生突然消失！而房間内正巧擺著有詛咒傳說的古代埃及捲軸……。明智偵探決定來此解開密室之謎。
然而，就在小林少年監視埃及房間内的某個晚上，
半夜裡竟然發生了不可思議的怪事。

25 飛天二十面相 特價230元

拖著長長光尾巴的R彗星接近了！
如果彗星撞上地球該怎麼辦——全世界陷入一片大恐慌。
有一天，在千葉縣的海邊，別所次郎看到可怕的東西。
從石頭山爬出來一大群的螃蟹。
接著，出現在海面上的是來自R彗星的螃蟹怪人。

26 黃金怪獸 特價230元

「我是扒手嗎？」
根本不記得自己做過扒手，玉村銀一感到十分震驚。難道是和自己長得一模一樣的冒牌貨為非作歹嗎？銀一周遭陸續出現和他長相完全一樣的冒牌貨。
包括寶石店的玉村一家、美術店的白井一家，甚至連小林少年也……。
尼可拉博士的可怕陰謀！

1. 脂肪肝四季飲食　蕭守貴著　200 元
2. 高血壓四季飲食　秦玖剛著　200 元
3. 慢性腎炎四季飲食　魏從強著　200 元
4. 高脂血症四季飲食　薛輝著　200 元
5. 慢性胃炎四季飲食　馬秉祥著　200 元
6. 糖尿病四季飲食　王耀獻著　200 元
7. 癌症四季飲食　李忠著　200 元

・彩色圖解保健・品冠編號 64

1. 瘦身　主婦之友社　300 元
2. 腰痛　主婦之友社　300 元
3. 肩膀痠痛　主婦之友社　300 元
4. 腰、膝、腳的疼痛　主婦之友社　300 元
5. 壓力、精神疲勞　主婦之友社　300 元
6. 眼睛疲勞、視力減退　主婦之友社　300 元

・心 想 事 成・品冠編號 65

1. 魔法愛情點心　結城莫拉著　120 元
2. 可愛手工飾品　結城莫拉著　120 元
3. 可愛打扮 & 髮型　結城莫拉著　120 元
4. 撲克牌算命　結城莫拉著　120 元

・熱 門 新 知・品冠編號 67

1. 圖解基因與 DNA　（精）　中原英臣 主編　230 元
2. 圖解人體的神奇　（精）　米山公啟 主編　230 元
3. 圖解腦與心的構造　（精）　永田和哉 主編　230 元
4. 圖解科學的神奇　（精）　鳥海光弘 主編　230 元
5. 圖解數學的神奇　（精）　柳 谷 晃 著　250 元
6. 圖解基因操作　（精）　海老原充 主編　230 元
7. 圖解後基因組　（精）　才園哲人 著

・法律專欄連載・大展編號 58

台大法學院　法律學系／策劃
法律服務社／編著

1. 別讓您的權利睡著了(1)　200 元
2. 別讓您的權利睡著了(2)　200 元

・武 術 特 輯・大展編號 10

1. 陳式太極拳入門　馮志強編著　180 元

2. 武式太極拳	郝少如編著	200 元
3. 練功十八法入門	蕭京凌編著	120 元
4. 教門長拳	蕭京凌編著	150 元
5. 跆拳道	蕭京凌編譯	180 元
6. 正傳合氣道	程曉鈴譯	200 元
7. 圖解雙節棍	陳銘遠著	150 元
8. 格鬥空手道	鄭旭旭編著	200 元
9. 實用跆拳道	陳國榮編著	200 元
10. 武術初學指南	李文英、解守德編著	250 元
11. 泰國拳	陳國榮著	180 元
12. 中國式摔跤	黃　斌編著	180 元
13. 太極劍入門	李德印編著	180 元
14. 太極拳運動	運動司編	250 元
15. 太極拳譜	清・王宗岳等著	280 元
16. 散手初學	冷　峰編著	200 元
17. 南拳	朱瑞琪編著	180 元
18. 吳式太極劍	王培生著	200 元
19. 太極拳健身與技擊	王培生著	250 元
20. 秘傳武當八卦掌	狄兆龍著	250 元
21. 太極拳論譚	沈　壽著	250 元
22. 陳式太極拳技擊法	馬　虹著	250 元
23. 二十四式 三十二式 太極 拳 劍	闞桂香著	180 元
24. 楊式秘傳 129 式太極長拳	張楚全著	280 元
25. 楊式太極拳架詳解	林炳堯著	280 元
26. 華佗五禽劍	劉時榮著	180 元
27. 太極拳基礎講座：基本功與簡化 24 式	李德印著	250 元
28. 武式太極拳精華	薛乃印著	200 元
29. 陳式太極拳拳理闡微	馬　虹著	350 元
30. 陳式太極拳體用全書	馬　虹著	400 元
31. 張三豐太極拳	陳占奎著	200 元
32. 中國太極推手	張　山主編	300 元
33. 48 式太極拳入門	門惠豐編著	220 元
34. 太極拳奇人奇功	嚴翰秀編著	250 元
35. 心意門秘籍	李新民編著	220 元
36. 三才門乾坤戊己功	王培生編著	220 元
37. 武式太極劍精華 +VCD	薛乃印編著	350 元
38. 楊式太極拳	傅鐘文演述	200 元
39. 陳式太極拳、劍 36 式	闞桂香編著	250 元
40. 正宗武式太極拳	薛乃印著	220 元
41. 杜元化＜太極拳正宗＞考析	王海洲等著	300 元
42. ＜珍貴版＞陳式太極拳	沈家楨著	280 元
43. 24 式太極拳＋VCD	中國國家體育總局著	350 元
44. 太極推手絕技	安在峰編著	250 元
45. 孫祿堂武學錄	孫祿堂著	300 元

46.	<珍貴本>陳式太極拳精選	馮志強著	280 元
47.	武當趙保太極拳小架	鄭悟清傳授	250 元
48.	太極拳習練知識問答	邱丕相主編	220 元
49.	八法拳 八法槍	武世俊著	220 元

・彩色圖解太極武術・大展編號 102

1.	太極功夫扇	李德印編著	220 元
2.	武當太極劍	李德印編著	220 元
3.	楊式太極劍	李德印編著	220 元
4.	楊式太極刀	王志遠著	220 元

・名師出高徒・大展編號 111

1.	武術基本功與基本動作	劉玉萍編著	200 元
2.	長拳入門與精進	吳彬 等著	220 元
3.	劍術刀術入門與精進	楊柏龍等著	220 元
4.	棍術、槍術入門與精進	邱丕相編著	220 元
5.	南拳入門與精進	朱瑞琪編著	220 元
6.	散手入門與精進	張 山等著	220 元
7.	太極拳入門與精進	李德印編著	280 元
8.	太極推手入門與精進	田金龍編著	220 元

・實用武術技擊・大展編號 112

1.	實用自衛拳法	溫佐惠 著	250 元
2.	搏擊術精選	陳清山等著	220 元
3.	秘傳防身絕技	程崑彬 著	230 元
4.	振藩截拳道入門	陳琦平 著	220 元
5.	實用擒拿法	韓建中 著	220 元
6.	擒拿反擒拿 88 法	韓建中 著	250 元
7.	武當秘門技擊術入門篇	高 翔 著	250 元
8.	武當秘門技擊術絕技篇	高 翔 著	250 元

・中國武術規定套路・大展編號 113

1.	螳螂拳	中國武術系列	300 元
2.	劈掛拳	規定套路編寫組	300 元
3.	八極拳	國家體育總局	250 元

・中華傳統武術・大展編號 114

1.	中華古今兵械圖考	裴錫榮 主編	280 元
2.	武當劍	陳湘陵 編著	200 元

3.	梁派八卦掌（老八掌）	李子鳴 遺著	220元
4.	少林72藝與武當36功	裴錫榮 主編	230元
5.	三十六把擒拿	佐藤金兵衛 主編	200元
6.	武當太極拳與盤手20法	裴錫榮 主編	220元

・少 林 功 夫・ 大展編號115

1.	少林打擂秘訣	德虔、素法 編著	300元
2.	少林三大名拳 炮拳、大洪拳、六合拳	門惠豐 等著	200元
3.	少林三絕 氣功、點穴、擒拿	德虔 編著	300元
4.	少林怪兵器秘傳	素法 等著	250元
5.	少林護身暗器秘傳	素法 等著	220元
6.	少林金剛硬氣功	楊維 編著	250元
7.	少林棍法大全	德虔、素法 編著	

・原地太極拳系列・ 大展編號11

1.	原地綜合太極拳24式	胡啟賢創編	220元
2.	原地活步太極拳42式	胡啟賢創編	200元
3.	原地簡化太極拳24式	胡啟賢創編	200元
4.	原地太極拳12式	胡啟賢創編	200元
5.	原地青少年太極拳22式	胡啟賢創編	200元

・道 學 文 化・ 大展編號12

1.	道在養生：道教長壽術	郝勤 等著	250元
2.	龍虎丹道：道教內丹術	郝勤 著	300元
3.	天上人間：道教神仙譜系	黃德海著	250元
4.	步罡踏斗：道教祭禮儀典	張澤洪著	250元
5.	道醫窺秘：道教醫學康復術	王慶餘等著	250元
6.	勸善成仙：道教生命倫理	李 剛著	250元
7.	洞天福地：道教宮觀勝境	沙銘壽著	250元
8.	青詞碧簫：道教文學藝術	楊光文等著	250元
9.	沈博絕麗：道教格言精粹	朱耕發等著	250元

・易 學 智 慧・ 大展編號122

1.	易學與管理	余敦康主編	250元
2.	易學與養生	劉長林等著	300元
3.	易學與美學	劉綱紀等著	300元
4.	易學與科技	董光壁著	280元
5.	易學與建築	韓增祿著	280元
6.	易學源流	鄭萬耕著	280元
7.	易學的思維	傅雲龍等著	250元

8. 周易與易圖　李　申著　250元
9. 中國佛教與周易　王仲堯著　元

・神　算　大　師・大展編號 123

1. 劉伯溫神算兵法　應　涵編著　280元
2. 姜太公神算兵法　應　涵編著　280元
3. 鬼谷子神算兵法　應　涵編著　280元
4. 諸葛亮神算兵法　應　涵編著　280元

・秘傳占卜系列・大展編號 14

1. 手相術　淺野八郎著　180元
2. 人相術　淺野八郎著　180元
3. 西洋占星術　淺野八郎著　180元
4. 中國神奇占卜　淺野八郎著　150元
5. 夢判斷　淺野八郎著　150元
6. 前世、來世占卜　淺野八郎著　150元
7. 法國式血型學　淺野八郎著　150元
8. 靈感、符咒學　淺野八郎著　150元
9. 紙牌占卜術　淺野八郎著　150元
10. ESP 超能力占卜　淺野八郎著　150元
11. 猶太數的秘術　淺野八郎著　150元
12. 新心理測驗　淺野八郎著　160元
13. 塔羅牌預言秘法　淺野八郎著　200元

・趣味心理講座・大展編號 15

1. 性格測驗（1）探索男與女　淺野八郎著　140元
2. 性格測驗（2）透視人心奧秘　淺野八郎著　140元
3. 性格測驗（3）發現陌生的自己　淺野八郎著　140元
4. 性格測驗（4）發現你的真面目　淺野八郎著　140元
5. 性格測驗（5）讓你們吃驚　淺野八郎著　140元
6. 性格測驗（6）洞穿心理盲點　淺野八郎著　140元
7. 性格測驗（7）探索對方心理　淺野八郎著　140元
8. 性格測驗（8）由吃認識自己　淺野八郎著　160元
9. 性格測驗（9）戀愛知多少　淺野八郎著　160元
10. 性格測驗（10）由裝扮瞭解人心　淺野八郎著　160元
11. 性格測驗（11）敲開內心玄機　淺野八郎著　140元
12. 性格測驗（12）透視你的未來　淺野八郎著　160元
13. 血型與你的一生　淺野八郎著　160元
14. 趣味推理遊戲　淺野八郎著　160元
15. 行為語言解析　淺野八郎著　160元

二十面相的詛咒 by Ranpo Edogawa——

國家圖書館出版品預行編目資料

二十面相的詛咒／江戶川亂步著；施聖茹譯
－－初版－臺北市，品冠文化，2003〔民 92〕
面；21 公分 —— （少年偵探；24）
譯自：二十面相の呪い
ISBN 957-468-230-7（精裝）

861.59　　92008549

版權仲介：京王文化事業有限公司

少年偵探 24　**二十面相的詛咒**　ISBN 957-468-230-7

著　　者／江戶川亂步
譯　　者／施　聖　茹
發 行 人／蔡　孟　甫
出 版 者／品冠文化出版社
社　　址／台北市北投區（石牌）致遠一路 2 段 12 巷 1 號
電　　話／(02) 28233123・28236031・28236033
傳　　真／(02) 28272069
郵政劃撥／19346241
E－mail／dah_jaan @pchome.com.tw
網　　址／www.dah-jaan.com.tw
登 記 證／北市建一字第 227242 號
區域經銷／千淞圖書有限公司
地　　址／台北縣泰山鄉楓江路 86 巷 21 號
電　　話／(02)29007288
承 印 者／國順文具印刷行
裝　　訂／源太裝訂實業有限公司
排 版 者／千兵企業有限公司
初版1刷／2003 年（民 92 年） 8　月

~~定　價／300 元~~
特　價／230 元